마주한 순간, 비로소 꿈을 꾸었다

마주한 순간, 비로소 꿈을 꾸었다

평범한 아줌마의 삶을 특별함으로 채운 여정

초 판 1쇄 2025년 03월 19일

지은이 박경미
펴낸이 류종렬

펴낸곳 미다스북스
본부장 임종익
편집장 이다경, 김가영
디자인 임인영, 윤가희
책임진행 이예나, 김요섭, 안채원, 김은진, 장민주

등록 2001년 3월 21일 제2001-000040호
주소 서울시 마포구 양화로 133 서교타워 711호
전화 02) 322-7802~3
팩스 02) 6007-1845
블로그 http://blog.naver.com/midasbooks
전자주소 midasbooks@hanmail.net
페이스북 https://www.facebook.com/midasbooks425
인스타그램 https://www.instagram.com/midasbooks

ISBN 979-11-7355-127-7 03810

값 18,500원

미다스북스는 다음세대에게 필요한 지혜와 교양을 생각합니다.

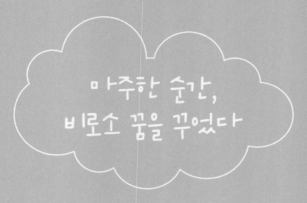

마주한 순간,
비로소 꿈을 꾸었다

평범한 아줌마의 삶을 특별함으로 채운 여정

글·그림 박경미

미다스북스

어느 순간 현실 앞에서 소중했던 꿈을 뒤로 미루고 외면하며, 시나브로 기억 속에서 그 꿈은 잊히고 말았다. 그렇게 어느새 난, 40대의 평범한 아줌마가 되었다.

안녕,
아줌마!

평소와 같았던 일상의 시작점에서 불현듯 현타라는 놈이
나를 찾아왔다.

거울 속 작고 초라한 지금의 나에게 조심스레 물었다.
"넌 무얼 하고 싶어? 너의 꿈은 뭐니?"

그때 마음속에서 무언가 요동치기 시작했다.
그건, 잊힌 줄 알았던 꿈이 "나 여기 있어."라고
소리치는 것이었다.

나는 꿈을 꾸며 내 꿈에 멋진 날개가 달리고, 그 날개로 꿈이
날아올라 넓은 하늘을 날아다니는 상상을 한다. 그 옆에서
꿈의 손을 잡고 하늘을 나는 내 모습도.
'언젠가 내 상상처럼 꿈과 함께 하늘을 훨훨 날 수 있겠지?'

꿈은 내 삶에 의미를 더해주었다. 꿈이라는 한 단어에
담긴 커다란 의미는 꿈을 꾸며 느끼는 감정이기도 했다.
그 많은 감정을 느끼며 평범함은 특별함으로 채워지고
있다.

꿈, 그 한 단어에 담긴
커다란 의미

어른들은 종종 아이들에게 이렇게 묻는다.

"너는 꿈이 뭐야? 커서 뭐가 되고 싶어?"

그리고 아이들은 그 물음에 대답한다. 간절히 바라는, 마음속에 간직한 소중한 꿈을 자신 있게 이야기한다.

내가 어릴 때도 누군가 내게 꿈을 물은 적이 있다. 그때 나는 "선생님이 되고 싶어요.", "작가가 되고 싶어요."라고 대답했다. 욕심이 많아 꿈도 참 많았던 그땐, 그 꿈이 얼마나 소중하고 커다란 의미가 있는지도 모른 채 그저 그 물음에 대한 답을 씩씩하게 이야기했다. 그리고 내가 꾸는 모든 꿈을 이룰 수 있다고 자신했다.

하지만 어느 순간 현실 앞에서 소중했던 꿈을 뒤로 미루고 외면하며, 시나브로 기억 속에서 그 꿈은 잊히고 말았다. 그렇게 어느새 나는, 40대의 평범한 아줌마가 되었다. 그리고 그 삶 속에서 소소한 행복을 느끼며 나름 잘 지내고 있다고 생각했다. 이 정도면 잘 살아왔다고 그렇게 여겼다.

그런데 이따금 공허함과 무료함이라는 감정이 찾아와 나를 힘들게 했다. 나는 고민의 끝에서, 그 감정이 이루지 못한 꿈에 대한 미련에서 비롯됐다는 걸 알게 되었다. 내가 다시 꿈꾸고 싶어 한다는 것을.

생각해 보니 꿈은 언제나 내 곁에 있었다. 때로는 공허함으로, 때로는 무료함과 우울함이 되어 곁에서 소리쳤지만 나는 그 소리를 듣지 못했다. 어쩌면 들었으면서도 현실을 핑계로 외면했는지도 모르고. 하지만 꿈은 마음속 미련으로 남아 포기하지 않고 끝없이 내게 소리쳤다. 나는 그제야 꿈의 소리를 들었다. 그리고 꿈과 다시 마주하며 비로소 꿈을 꾸었다.

꿈을 좇고 있는 지금, 지극히 평범한 아줌마는 꿈을 꾸며 꿈의 의미를 알아가고 있다. 어릴 적 누군가 내게 물었을 때, 그 의미도 모르고 씩씩하게 말했던 꿈의 의미를 이제야 깨닫고 있다. 꿈이라는 한 단어에는 설렘, 행복, 기대, 특별함, 열정, 간절함 등 무수히 많은 의미가 담겨 있었다. 그리고 그건, 꿈을 꾸며 느끼는 감정이기도 했다. 꿈은 내게 설렘과 행복, 특별함을 가져다주었으니 말이다.

꿈을 향한 여정을 시작하며 내 삶은 특별한 순간들로 채워지고 있다. 언젠가 날개를 달고 꿈과 함께 날아다닐 날을 기다리며 오늘도 아줌마는 꿈꾸고 있다.

나이, 돈, 시간, 환경 등 어떠한 역경으로 인해 꿈을 향해 나아가는 것을 주저하는 누군가에게 소박한 나의 이야기가, 꿈을 향한 나의 여정이 마음에 닿기를 바란다. 부디, 용기 낼 수 있기를, 꿈을 바라보고 마주할 수 있기를.

"평범했던 꿈은 마주한 순간, 날개가 생기고 거대해진다.

그리고 비로소 특별해진다.

꿈을 꾸며 생긴 날개로

언젠가 하늘을 훨훨 날 수 있을 테니까.

꿈은 그 순간만을 기다리고 있다."

1장

외면했던 꿈은

공허함으로 남아 있었다

소녀는 마음껏 꿈꾸고 싶었다. 하지만 현실 앞에서 꿈을 외면해야 했다. 그렇게 꿈을 잊고 지내며 어느새 평범한 아줌마가 되었다. 그리고 그제야 그녀는 알았다. 잊힌 줄 알았던 꿈이 공허함으로 남아 그녀 곁을 맴돌고 있었다는 것을.

"당신에게도 이따금 찾아오는 공허가 있나요?"

어느새
아줌마가 되었다

띵띵 띠리리 띵띵 띠리리 띠리리리리 리리리리링!

익숙한 멜로디가 귓가를 어지럽힌다. 7시를 알리는 알람음이다. 알람은 어서 일어나 해야 할 일을 하라고 재촉하지만, 침대에 붙어버린 몸뚱이는 도통 일으켜 세워지지 않는다.

'으…! 5분만, 딱 5분만!'

학교 가기 싫어 조르는 아이가 되어 나 자신에게 말한다. 그리고 채 뜨지 못한 눈으로 핸드폰 하단에 있는 5분 후 알람 버튼을 누르며 잠시나마 단잠에 빠진다. 삽시간에 흐른 5분, 익숙한 알람음이 다시 울린다. 평소 음악을 좋아하고 즐겨 듣기는 해도 알람음은 세상에서 가장 듣기 싫은 선율이다.

'으으!'

마음속으로 소리를 지르며 겨우겨우 천근만근인 몸뚱이를 일으켜 세운다. 하지만 일어나기 싫었음을, 늑장 부리고 싶었던 마음을 들켜서는 안 된다. 내게는 훈계하고 모범을 보여야 하는 아이가 있기 때문이다.

알람을 끄며 내던졌던 핸드폰을 다시 집어 들어 신랑이 보낸 카톡을 확인한다.

'일어났어? 나 회사 잘 도착했어.'

출근이 빨라 이미 회사인 신랑의 메시지를 보며 무사히 출근했음에 안심하고는 침대를 빠져나와 아이 방으로 향한다. 이내 안방에서부터 일어나라고 소리쳤지만, 여전히 침대에 붙어 있는 아이를 흔들어 깨운다.

"나래야, 얼른 일어나! 지각하고 싶어? 누구를 닮아서 이렇게 아침잠이 많아!"

나를 똑 닮아 잠이 많다는 걸 알면서도 마치 나는 그렇지 않은데 너는 왜 그러냐는 양 잔소리를 한 바가지 퍼부으며 아침을 시작한다.

"아…. 아침 먹기 싫은데, 꼭 먹어야 해?"

"당연한 거 아냐? 아침밥 먹고 다니는 것도 행복인 줄 알아! 응?"

일어나는 순간부터, 아니 잠들기 전부터 고민하던 아침 메뉴를 또다시 고민하다 겨우겨우 아침밥을 차렸건만 먹기 싫다고 투정하는 아이에게 으름장을 놓기도 한다.

생각해 보면 나도 그랬다. 늘 아침이면 밥으로 엄마와 실랑이를 했다. 잠도 제대로 깨지 않아 눈은 떠지지 않고, 밤새 물 한 모금 마시지 않아 입도 텁텁한데 엄마는 뭐라도 먹어야 한다며 자꾸만 무언가를 입에 넣어주셨다. 돌아보면 그런 엄마를 만난 건 행운이었는데 그때는 미처 알지 못했다.

나도 엄마를 닮았는지 아이가 밥을 먹지 않으면 큰일이라도 나는 것처럼 말하며 조금이라도 아침밥을 먹여 학교에 보낸다. 마치 밥알이 모래알 같아 목구멍에 오래 머물며 넘어가지 않는다는 걸 누구보다 잘 알면서도 말이다. 그래도 늘 하는 아이와의 실랑이를 멈출 수는 없다. 나는 아침밥을 특히나 중요하게 생각하는 대한민국 엄마 중 한 사람이기 때문이다.

밥을 먹인 후 아이를 준비시키고 준비를 끝낸 아이가 옷은 예쁘게 입었는지, 행여 입이나 몸에서 냄새가 나는 건 아닌지 온 신경을 곤두세워 확인한다. 그러다 보면 어느덧 아이의 등교 시간이 다가온다. 지각한다며 얼른 나가라고 말하고 있지만 코앞까지 다가온 나만의 시간을 위해 재촉하고 있다는 걸 나 자신은 알고 있다.

"딸, 잘 다녀와! 차 조심하고."

일어나서 짓는 웃음 중 가장 큰 미소를 보이며 아이와 인사를 나눈다.

철컥, 띠리리!

문 닫히는 소리와 함께 마음이 몽글몽글해진다. 자유, 그토록 기다리던 자유를 얻어서이다. 해도 해도 티 안 나는 집안일이 기다리고는 있어도 온종일 하는 것도 아니고 시간의 제약을 받는 것도 아니기에 내 안의 행복이 깨어난다.

'우선 화장실 좀 갔다가!'

행복을 채우기 전에 비움 먼저. 평소처럼 주어진 시간에 행복을 느끼며 가벼운 발걸음으로 화장실로 향했다. 그런데 화장실 앞에 놓인 화장대에 비친 내 모습이 어쩐지 낯설게 느껴져 거울을 자세히 들여다보던 때였다. 갑자기 거울이 내게 말했다.

"어이, 아줌마!"

"아… 아줌마? 지금 나한테 그런 거야?"

결혼한 지 10년도 넘었고, 아이도 있으니 아줌마가 맞았다. 하지만 평소에도 아줌마라는 소리를 듣고 싶지 않았다. 아직은 소녀 감성이 남아서인지 얼굴도, 몸도 아가씨인 양 착각하고 있다는 걸 알면서도 받아들이고 싶지 않았다. 그래서 마구마구 화가 치밀었다.

"아줌마라고? 이래 봬도 동안 소리 듣거든!"

"에이, 뻥치시네!"

"진짜야! 택배 기사 아저씨도 나한테 아가씨라고 했고, 푸드트럭 아저씨도 딸이랑 있는데 이모냐고 물어봤거든. 뭐 그땐, 마스크를 쓰고 있기는 했지만….""

"그래, 마스크 써서! 너도 마혜자구나? 마스크 수혜자. 사실, 너도 알잖아! 그냥 인사치레였다고."

"뭐… 뭐라고?"

마음속 버럭이가 나와 거울과 싸워보려 했지만 거울 속 나와 눈이 마주친 순간, 거울의 단어 선택은 아주 적절했음을 깨달았다. 퉁퉁 부은 눈과 추욱 처진 입꼬리 옆으로 짙어진 팔자 주름. 화룡점정 목이 잔뜩 늘어난 상의와 그 하단에 꽃장식인 양 위장해 있는 떡진 밥풀까지.

'휴…. 나도 정말 아줌마구나.'

거울 속 초라한 내 모습을 바라보고 있으니 어린 시절 꿈 많던 소녀의 모습이 떠올랐다. 한때 나도 하고 싶은 게 많고, 뭐든 열정적으로 이뤄내며 의욕 넘치던 모습이었는데…. 매무새도 늘 신경 썼는데…. 그 소녀는, 그 아가씨는 어디로 가고 이 아줌마는 누굴까?

평소와 같았던 일상의 시작 점에서 불현듯 현타라는 놈이 나를 찾아왔다.

안녕,
아줌마!

"결혼 전에는 많이 먹어도 살도 안 찌고,

태양을 따라다니며 햇볕을 쐐도 기미도 안 생기더니.

나이가 들수록 느는 것이 많아진다.

체중, 기미, 팔자 주름, 늘어진 턱선, 잔병....

꿈 많던 어린 소녀는 어디로 가고,

거울 속 이 아줌마는 누굴까?"

공허함,
꿈에 대한 미련

철컥, 띠리리!

아이의 뒷모습이 점점 멀어지고 현관문이 닫히면 마음속으로 환호성을 지른다.

'오예! 커피나 한잔 마실까? 아님, 좀 더 잘까?'

드디어 기다리던 자유 시간이다. 집안일을 하기 전 잠시 여유를 즐기다 일을 시작하는 게 일상이 되었다.

이제는 일상의 일부인 자유 시간. 하지만 이 시간이 주어진 건 그리 오래된 일은 아니다.

결혼 후 아이가 생기고, 아이가 태어나면서부터 내게 자유 시간은 없었다. 아이가 백일이 되기 전까지는 자유 시간은커

녕 24시간이 모자랄 정도였다. 밤중 수유는 기본이요, 수시로 울어대는 아이의 요구 조건을 충족시켜 줘야 했기 때문이다.

게다가 이유식을 시작하는 6개월 무렵이 되면, 이유식을 만들어 먹이고 정리하는 일이 추가되어 더욱 힘들었다. 또 걸음마를 하는 순간부터는 모든 사물에 호기심을 보이며 저지레를 하고 다니기에 밀착마크가 필요했다. 거기에 티 안 나는 집안일까지. 살림과 육아의 병행은 보통 힘든 일이 아니었다. 그러니 당연히 내 시간을 갖는 건 상상도 못 할 일이었다.

그러다 자유 시간이 생긴 건 아이가 어느 정도 크고 어린이집을 보내면서부터였다. 처음 아이를 어린이집에 보내고는 너무 불안해 그 어떤 것도 할 수 없었다. 하지만 시간이 지나 점차 사회성이 발달하고 말과 행동이 느는 아이로 인해 차차 안심하며, 소소하게 주어지는 자유 시간을 비로소 즐기게 되었다.

그리고 주어진 자유 시간에 나를 잘 돌볼 줄 알아야 오버타임 업무가 자주 발생하고 주말 업무가 기본인 집안일과 육아에서, 악마로 변하거나 분노조절장애를 막을 수 있다는 걸 깨달았다. 그래서 그 시간을 효율적으로 보내기 위해 노력했다. 그렇게 자유 시간은 나의 일상 중 한 조각이 되었다.

그러나 거울 속 내 모습을 보는 순간, 아줌마라는 단어와 함께 기분은 엉망이 되고 말았다.

'휴…. 나 왜 이래?'

결혼하고 전업주부로 살며 육아와 티 안 나는 집안일로 이따금 나를 잃은 것 같은 기분이 들 때도 있었다. 그래도 나를 의지하며 엄마라고 부르는 아이가 있어 나름 보람과 행복을 느끼며 하루하루를 살았다. 그런데 불현듯 현타라는 놈이 찾아와 꿈 많던 어린 날을 떠오르게 했다.

어릴 때 나는, 욕심도 많고 하고 싶은 것도 참 많았다. 세상에 직업이 너무 많아 이것도 해 보고 싶고, 저것도 해 보고 싶었던 그런 때가 있었다. 그중 지금의 삶과 가장 유사한 현모양처를 꿈꾸기도 했다.

퇴근해서 돌아온 남편을 반기며 재킷을 받아 옷걸이에 걸고, 토끼 같은 아이와 함께 도란도란 앉아 정갈하게 차려 놓은 12첩 반상을 맛있게 먹고 싶었다. 또 아이의 공부를 봐주고 고민을 상담해 주는 현명한 엄마가 되길 바랐다.

'흠…. 그때 꾸었던 꿈은 이뤘다고 해도 되는 건가?'

남편의 동의를 구하지 않은 내 착각일지 몰라도 나는 나름대로 내조를 잘하는 여우 같은 아내이고, 아이에게는 상냥하고 다정하며 때로는 조언도 해줄 수 있는 현명한 엄마라고 생각한다. 그래서 그렇게 믿고 싶었다. 물론 12첩 반상까지는 불가하고 말했듯 혼자만의 착각일지도 모르지만.

꿈과 함께 그 시절을 생각하다 보니, 어린 시절 내 모습이 보고 싶어졌다. 꿈 많고 열정 넘치던 그때의 모습을.

'가져오길 잘했네.'

얼마 전 친정에 갔다가 엄마가 고이 모셔둔 앨범을 발견했다. 나의 어린 시절과 학창 시절이 담긴 앨범들이 시절별로 세 개나 됐다. 나이를 먹으며 잊고 지냈던 어린 시절을 이렇게 혼자 꺼내어 보고 싶었던 것은 선견지명이었을까. 언니들 것까지 열 개가 넘는 앨범 중 내 어린 시절이 담긴 세 개의 앨범을 친정에서 가지고 왔다.

먼지가 묻은 앨범을 휴지로 대충 닦고는 한 장, 한 장 정성스레 앨범을 넘겼다. 그중 시선을 멈추게 하는 사진이 있었다. 유리와 나란히 서서 브이를 하며 찍은 고등학교 때 사진이었다.

'유리는 지금 잘나가는 CEO지….'

두 번째 현타가 날아와 내 뒤통수를 세게 쳤다. 유리와 나는 고등학교와 대학교를 함께 나온 친한 친구다. 그때의 유리는 적당히 공부를 잘하기는 했지만 지금처럼 잘나가는 CEO가 되리라고는 생각하지 못했다.

'치…. 공부는 내가 더 잘했었는데….'

마음속 심술이가 튀어나와 애써 나를 포장하려고 해봐도 유리는 CEO고, 나는 평범하디 평범한 전업주부라는 게 지금의 현실이었다.

가끔 유리와 함께 고등학교 친구들을 만나면 친구들은 돈을 벌어 그 돈으로 골프도 치러 다니고 필라테스도 한다고 들었다. 또 몇백만 원씩 하는 피부관리를 서슴없이 끊었다는 이야기를 듣기도 했었다. 하지만 그때는, 피어오르는 자격지심을 누르고 '뭐 나도 나름 잘 살고 있어!'라는 말을 속으로

하며 마음을 다독였다. 그렇게 다독여진 마음으로 친구들과 좋은 시간을 보냈었는데….

현타를 직격타로 맞은 지금, 유리와 함께 찍은 사진을 보고 있자니 내 모습이 왠지 초라하게 느껴졌다. 분명 나름대로 잘 살고 있었는데 갑자기 현타라는 녀석이 왜 나를 찾아온 걸까? 내가 행복하지 않아서일까? 하지만 그런 게 아니라는 걸 누구보다 잘 알고 있다. 나는 작은 것에도 소중함을 느끼고, 소소한 곳에서 행복을 찾는 나름 행복 지수가 높은 사람이라 자신하기 때문이다.

그런데 왜일까? 한동안 그 의문이 머릿속을 떠나지 않았다. 그리고 한참이 지나고서야 그 이유를 알았다. 그건 이따금 찾아오던 공허함과 무료함이 이루지 못한 어린 시절의 꿈과 열정을 은연중 생각나게 하며, 마음속 꿈에 대한 미련을 요동치게 했기 때문이었다.

거울 속 작고 초라한 지금의 나에게 조심스레 물었다.

"넌 무얼 하고 싶어? 너의 꿈은 뭐니?"

"친구와 함께 찍은 사진 속 나는 정말 행복해 보였다.

그때는 현실 안에서 타협하기는 했어도 한창 꿈을 꾸었는데….

어느 순간 잊힌 나의 꿈을 떠올리며,

아줌마가 된 지금의 나에게 묻는다.

'넌 무얼 하고 싶어? 너의 꿈은 뭐니?'"

작가가 되고 싶었던
소녀의 꿈은

　내가 처음 꿈을 꾼 건 초등학교 때였다. 꼬질꼬질한 시골 소녀는 어느 순간 마음속에 꿈을 품고 마음껏 꿈을 꾸었다.

　나는 충청북도 한 자락에 있는 시골 마을에서 태어났다. 하루에 버스도 몇 대 다니지 않는 깡촌. 버스가 다니기 시작한 것도 내가 초등학교 고학년 무렵이었던 걸로 기억한다. 마을에 버스가 다니기 전까지는 40분을 걸어 큰 도로로 나와서 버스를 타야만 읍내에 갈 수 있었다. 물론 버스로도 20분은 더 가야 했고. 행여 마을버스를 놓치기라도 하면 큰 도로로 나와야 하는 수고스러움이 있어 읍내에 있는 중학교에 다닐 때는 마을버스를 놓치지 않으려 떠지지 않는 눈을 애써 비비며 새벽같이 일어나야만 했다.

　부모님은 농사를 업으로 삼고 사시며 농사일에 매진하셨다. 그러나 농사로 벌 수 있는 돈은 그리 많지 않았다. 더욱이 우리는 땅이 없어 땅을 빌려 농사를 지어야 했기에 추수해서 도지를 갚고 나면 가족들이 먹을 식량을 남기기도 힘들었다. 또 내 위로는 언니가 다섯이나 있다. 식구가 많으니 형편이 여유롭지 않은 건 어쩌면 당연했다. 내가 어릴 적 우리 가족은 하루하루 먹고살기 바쁜 조금은 힘든 삶을 살았다.

　언니들은 유치원도 나오지 못하고 집에서 시간을 보내다 학교에 입학해야 했을 정도로 살림은 빠듯했다. 그래도 나는 막내의 특권으로 집에서 유일하게 유치원을 나왔다. 내가 친한 친구들에게 이런 나의 어릴 적을 이야기하면 친구들은 '나이를 속인 거야?'라고 말하며 코웃음을 치지만 우리 집 형편상 유치원은 특권이 맞았다.

　하지만 내가 누린 특권은 친구들에게는 당연한 권리였고, 사교육을 통해 이미 한글을 깨치고 사칙 연산을 익힌 후 입학한 아이들 틈에서 수업을 따라가는 건 여간 버거운 일이 아니었다. 나는 그저 유치원에서 동요 몇 개와 만들기 조금, 길거리에 즐비한 꽃과 곤충들 이름만 배우고 학교에 들어갔기 때문이다.

그래서 나머지 공부를 하는 날이 많았다. 지금은 나머지 공부와 체벌이 없어져 상상도 못 할 일이지만 나는 선생님께 손바닥과 발바닥을 맞으며 한글을 힘들게 떼었다. 사칙 연산도 겨우겨우. 그래서 그때는, 담임 선생님이 너무 싫었고 학교생활 또한 즐겁지 않았다. 당연히 하고 싶은 것을 생각하며 꿈을 키워나갈 여력도 없었다.

내 시점에서 운이 나쁘게도 싫어했던 1학년 담임 선생님을 2학년 때도 만나게 되었다. 그렇게 1, 2학년을 힘겹게 보내고 3학년이 되었을 때, 새로운 담임 선생님을 만나며 나는 비로소 꿈을 꾸게 되었다.

한글과 연산을 어느 정도 깨치고 3학년에 올라가니 공부가 재밌게 느껴졌다. 또 공부에 흥미를 느끼니 마음씨 좋은 담임 선생님은 더 많은 것을 알려 주려 노력하셨다. 그리고 어려운 형편의 나를 다른 친구들보다 더 많이 신경 써주셨다.

좋은 담임 선생님을 만나 순탄한 3학년을 지내고 있을 여름 무렵, 좋지 않았던 가세가 더 기울고 아빠가 돌아가셨다. 병을 앓고 계셔서 이별이 올 거라는 것을 알고 있었지만, 항상 옆에 계시던 아빠를 더 이상 볼 수 없다는 사실은 어린 나이에 큰 충격으로 다가왔다.

아빠의 부재로 혼자서 농사를 지을 수 없게 된 엄마는 어린 자식들을 먹여 살리기 위해 공장 일을 택하실 수밖에 없었다. 게다가 아빠의 병원비로 빚까지 늘어 수입이 없다 싶은 농사 일에 더 이상 연연하실 수 없으셨다. 엄마는 아빠가 돌아가신 후 아침 일찍 일을 나가셔서 저녁 늦게야 돌아오셨다.

더욱이 중고등학생이 된 언니들도 늦게 오는 날이 많았다. 그래서 그 시절을 돌아보면 나는 늘 외로웠다. 하지만 최선을 다해 딸들의 마음을 헤아리려 노력하시는 엄마를 보며, 행여 엄마가 걱정하지 않도록 외롭지 않은 척하며 애써 밝게 보이려 노력했다.

그래도 다행이었던 건 힘들고 외로운 마음을 마음껏 표현할 수 있는 한 사람이 있다는 것이었다. 그분은 바로, 담임 선생님이셨다. 선생님께서는 외롭고 어렸던 나를 많이 감싸 주시고 위로해 주셨다. 또 아빠처럼 다정히 대해주셨다.

나는 그런 선생님을 보며 나도 진심으로 아이들을 사랑하는 선생님이 되고 싶었다. 선생님은 내가 처음으로 원한 장래 희망, 나의 첫 번째 꿈이었다.

당시 선생님이라는 직업은 위신이 높고, 사회적 인식 또한 좋아서 부모들이 원하는 자녀의 진로 1순위였다. 그래서인지 엄마께 "엄마, 나 선생님이 되고 싶어."라고 말하자, 엄마는 너무 좋다며 함박웃음을 지으셨다. 그때부터 나도 원하고, 엄마도 원하는 꿈을 이루기 위해 큰 열정을 가졌다.

솔직히 말해 중간중간 너무도 다양하고 많은 직업이 있어 꿈이 살짝 흔들린 적도 있었다. 아마, 기억 속 자리하고 있는 현모양처의 꿈도 선생님이 되고 싶다는 꿈이 흔들리던 때에 잠시 머물다 갔던 것 같다. 엄마가 편찮으실 때면 의사가 되고 싶었고, 노래하는 게 좋아 가수를 꿈꾼 적도 있었다. 하지만 선생님이 되고 싶다는 꿈은 잠시 흔들렸을 뿐 늘 내 마음 속에 있었다.

그렇게 처음 가진 꿈은 중학생까지 이어져 그 꿈을 이루기 위해 학업에 열중하며 중학교 시절을 보내던 어느 날이었다. 학교에서 글쓰기 대회가 열렸다. 평소 끼적이는 걸 좋아하던 나는 엄마와 관련된 수필을 정성껏 적어 대회에 제출해 운이 좋게도 우수상을 받았다. 최우수상은 아니었어도 내가 쓴 글로 상을 받았다는 게 무척 기쁘고 짜릿했다.

그리고 그 일은 내 꿈을 바꿔 놓는 계기가 되었다. 나는 선생님이라는 꿈 대신 이야기로 감동을 전할 수 있는 사람, 작가가 되고 싶었다. 특히 많은 글의 장르 중 내가 주인공을 직접 캐스팅하고 연출하며 서사를 그려내는 소설가가 되고 싶었다.

그래서 사소한 것을 적어 보기도 하며 글을 써 나갔다. 솔직히 쓰는 것에 비해 책을 읽는 것에는 흥미가 많지 않았다. 그런데도 책을 많이 읽으면 글쓰기에 도움이 된다는 선생님의 말씀으로 도서부에 들어가 책을 읽으려고 노력했다. 그때의 나는 중학교 2학년이었다.

1년이 지나 3학년 1학기가 끝나갈 무렵, 고등학교 진학을 위해 담임 선생님과 진로 상담이 필요했다. 진로 상담에서 정해 둔 고등학교가 있냐며, 무얼 하고 싶냐고 물으시는 선생님께 나는 문과에 진학해 국어국문학과나 문학과에 들어가 체계적으로 글 쓰는 걸 공부하고 싶다고 말씀드렸다.

우리 때만 해도 고등학교 진학은 내신 성적과 학력평가를 합산해서 합격해야만 원하는 학교에 갈 수 있었다. 그래서 성적이 되지 않으면 선생님들께서는 원서를 써주지 않으셨다. 다행히 담임 선생님께서는 인문계에 갈 수 있겠다며 그렇게 진행해 보자고 말씀하셨다.

하지만 2학기가 되고 얼마 지나지 않아 나는 급하게 진로를 바꾸기로 결심했다.

'작가들은 돈 많이 못 벌지 않냐?'

은연중 현실을 이야기한 친구의 말이 귓가를 떠나지 않아 고민하고 있을 때, 친구의 말속에 있던 현실이라는 놈이 튀어나와 내게 속삭였기 때문이다.

"야, 꿈 깨!"

"학창 시절 나는 작가를 꿈꾸었다.

노란 가방을 메고 예쁜 교복을 입고 학교에 다니던 소녀는,

글로써 감동을 전하는 작가가 되고 싶었다.

하지만 꿈을 향해 나아가려는 순간,

처음으로 현실이라는 놈과 마주했다."

마주한 순간, 비로소 꿈을 꾸었다

외면하며
나중으로 미루어진

내가 처음으로 현실을 마주한 건 그때였다. 눈앞에 버젓이 등장한 현실이라는 놈, 그놈을 철저히 무시하며 마음껏 작가의 꿈을 펼치고 싶었다. 하지만 차마 그럴 수가 없었다.

'작가로 얼마나 벌 수 있을까?'

지금이야 인터넷이 발달하며 작가로 활동할 수 있는 많은 플랫폼도 생겨나, 여전히 힘들기는 해도 그때보다 작가가 되고 책을 내기가 수월해진 건 사실이다. 그러나 내가 중학교 때만 해도 종이로 내는 책이 전부였다. 그래서 작가는 되기도 어렵고 박봉이라는 게 일반적인 생각이었다. 그리고 어린 내게도 그렇게 인식되어 있었다. 작가라는 직업을 생각하면 작은 단칸방 모퉁이에 있는 책상 앞에 앉아 뭉뚝한 연필로 글을 쓰는 게 연상되었으니 말이다.

생각 속에 따라다니던 꼬리표 또한 작가라는 꿈을 접는 데 한몫했다.

'꼭 엄마를 호강시켜 드릴 거야.'

나는 초등학교 3학년 이후 공부에서 늘 상위권을 유지했다. 머리가 좋은 편이 아니었는데도 상위권을 유지할 수 있었던 건 많은 노력을 했기 때문이다. 그리고 그 노력의 이유는, 엄마를 기쁘게 해드리고 싶어서였다.

엄마는 아빠가 돌아가신 뒤로 잠도 제대로 못 주무시며 생계를 위해 일에만 전념하셨다. 물론, 우리를 돌보는 일도 소홀히 하지 않으셨다. 하루에 많아야 네 시간밖에 못 주무셨는데도 일찍 일어나 아침밥도 항상 챙겨주셨다. 그리고 먼저 일을 나가셔야 할 때면 "엄마가 먼저 나가서 미안해. 가방 잘 챙겨서 학교 조심히 다녀와!"라고 말씀하셨다. 말로는 전할 수 없는 마음을 표현하시려 꼬옥 안아주시는 것도 잊지 않으셨다.

당신 몸 하나 챙기는 것도 벅찼을 텐데 힘든 상황 속에서 최선을 다하면서도 엄마는 늘 우리에게 미안해하셨다. 씩씩한 척하며 일터로 향하시던 엄마의 모습이 멀어질 때까지 보고 있으면, 엄마의 어깨가 축 처지는 걸 느낄 수 있었다.

'엄마는 얼마나 힘들까?'

어린 나도 엄마가 일터로 나가시는 순간부터 외로웠다. 그러나 애써 괜찮은 척하며 돌아서던 엄마가 나보다 더 가엽게 느껴지는 때가 많았다. 그래서 그런 엄마께 무언가 해드리고 싶었다. 하지만 어린 내가 할 수 있는 건 아무것도 없었다.

그러다 엄마를 기쁘게 해 드릴 방법을 알게 되었다. 학교 시험에서 백 점을 맞은 날이었다.

"엄마, 나 이거 100점 맞았다. 내가 이 과목은 1등이래!"

시험지를 내밀며 엄마의 칭찬을 기다리고 있을 때였다. 엄마는 평소 별거 아닌 일에도 칭찬해 주시던 분이셨기에 당연히 '오늘도 칭찬을 많이 해주시겠지?'하고 생각하며 엄마 얼굴을 바라보던 순간, 기분이 날아갈 것만 같았다. 엄마가 생기 있는 얼굴로 정말 밝디밝은 미소를 띠고 계셨기 때문이다.

"엄마, 내가 시험 잘 봐서 기분 좋아?"

"잘 봐서도 그런데 우리 딸이 열심히 해주니까 엄마는 정말 좋다."

엄마는 열심히 하는 내 모습에 너무 기쁘고, 힘이 불끈 난다고 말씀하셨다. 그토록 바라던 엄마께 기쁨을 드리는 일, 그 일을 찾은 것 같아 기분이 정말 좋았다. 그때부터 나는 상위권에 들기 위해 최선을 다했다. 내 꿈을 이루기 위해서도 열심히 했고. 하지만 현실을 알았을 때는 단지 최선을 다하며 꿈을 좇는 게 전부가 아니라는 걸 깨달았다.

'돈이 있어야 엄마를 호강시켜 드리지.'

무턱대고 미래가 불분명한 꿈에 연연할 수는 없었다. 그래서 인문계 대신 상업고등학교로 진로를 황급히 바꿨다.

상업고등학교는 컴퓨터를 주 과목으로 가르쳐 졸업 후 회사에 취직할 수 있도록 도와주는 고등학교였다. 지금은 특성화 고등학교와 같은 그런 곳이다. 상업고등학교를 가면 '정보처리기능사', '정보기기운용기능사', '컴퓨터활용능력', '워드프로세서' 등 다양한 컴퓨터 관련 자격증을 딸 수 있고, 전교 상위권에 들면 삼성, 엘지, 하이닉스와 같은 대기업도 들어갈 수 있다는 걸 이미 언니들을 통해 알고 있었다. 언니들도 엄마께 짐이 되고 싶지 않아 대학교를 포기하고 상업고등학교를 나와 회사에 다니며 돈을 벌고 있었기 때문이다.

'대기업에 들어가면 고등학교 졸업자 초봉도 꽤 많겠지?'

나도 엄마께 짐이 되고 싶지 않았을 뿐만 아니라 엄마가 일을 쉴 수 있게 해 드리고 싶었다. 그래서 목표를 바꾸고 그것을 실현하기 위해 노력하기로 했다. 그리고 고등학교 원서를 쓰기 전, 담임 선생님께 다시 말씀드렸다.

"선생님, 저 상업고등학교에 가고 싶어졌어요."

"갑자기 왜 이래? 진로 다 정해진 거 아니었어?"

선생님께서는 인상을 쓰시며 퉁명스러운 목소리로 말씀하셨다. 하지만 차마 선생님께 내 진심을 말할 수는 없었다. 행여 우리를 위해 힘들게 일하시는 엄마가 딸의 미래도 밀어주지 못하는 무능력한 사람으로 보일까 두려워서였다.

이후에도 나를 예뻐하시던 선생님들께서 교무실로 불러 진로를 다시 생각해 보라고 말씀하셨지만 나는 결심을 꺾지 않았다. 그렇게 대학을 포기하고 상업고등학교에 입학하며 나의 두 번째 꿈을 떠나보냈다. 그리고 애써 마음을 다독였다.

'나중에, 나중에 하면 되지 뭐. 우선 돈 먼저 벌고.'

"내가 국어 시험에서 백 점을 맞은 날,

엄마는 시험지를 보며 정말 환한 미소를 짓고 계셨다.

그래서 엄마를 기쁘게 해드리고, 꿈도 이루기 위해 최선을 다해 공부했다.

하지만 미래가 불분명한 꿈을 계속 꿀 수는 없었다.

결국, 꿈을 애써 외면하며 나중으로 미루었다."

고정적인 수입이
필요했기에

 1. 성적 상위권에 들기(최소 반에서 2등), 2. 컴퓨터 관련 자격증 모조리 따기, 3. 면접 연습.

 고등학교에 입학하자마자 새 노트에 내가 해야 할 일을 적었다. 꿈 대신 세운 목표를 실현하기 위한 세부 계획이었다. 빨리 돈을 벌어야 생각 속 꼬리표로 달고 다니는 '엄마 호강시켜 드리기'가 가능해진다고 생각했기에 뚜렷한 목표와 실현 계획이 필요했다.

 행복을 느끼는 것도 사람마다 다르고 추구하는 것이 다르듯, 호강이라는 것도 받는 사람에 따라 느끼는 게 다를지도 모른다. 그렇기에 나는, 엄마가 원하는 호강이 어떤 건지 정확히 알지 못했다. 물론 지금도 그렇지만.

단지 엄마가 자식들과 맛있는 음식을 드시거나 함께 여행을 가실 때 종종 호강한다는 표현을 쓰시는 걸로 미루어 보면, 엄마가 원하시는 호강은 거창한 것이 아닌 당신의 전부인 자식들과 함께 시간을 보내는 것이 아닌가 싶기도 하다.

하지만 어릴 때 내가 생각했던 호강은 돈을 많이 벌어 엄마가 일을 쉴 수 있게 해 드리는 것이었다. 그리고 그러려면 안정적인 직장에 취직해 다달이 월급을 받아야 한다고 생각했다. 물론 일반 기업보다 돈을 더 많이 주는 대기업이라면 더 좋았고. 그래서 꿈을 뒤로한 채 상업고등학교에 진학했고, 이곳에서 열심히만 한다면 목표 실현은 가능할 거라고 여겼다. 그런데 1학년 1학기 중반쯤 지나고 있을 때, 학교에 소문이 돌기 시작했다.

"너 그 얘기 들었어? 내년부터 대학 진학반이 생긴다더라? 대학 갈 애들만 추려서 따로 공부시킨대!"

얼핏 고등학교 원서를 쓸 때부터 학교 전체가 상업고등학교에서 인문계로 바뀔 수도 있다는 이야기가 들리기는 했었

다. 하지만 고등학교의 특성이 바뀌는 중대한 일이어서 시간
이 걸리는 건 당연하다고 생각했다. 그래서 빨라도 내가 졸
업한 뒤에나 가능할 거라고 예상했다. 그런데 내 예상은 완
벽히 빗나가고 있었다. 인문계로 바뀌기 전 반을 따로 만들
어 시범 운영을 한다는 이야기가 나오고 있으니 말이다.

"사실, 나도 인문계로 가려다 내신 따려고 여기로 온 거야."
이건 또 무슨 소리? 정신없는 와중에 앞자리에 앉아 있던
친구가 뒤를 돌아보며 내게 말했다.

우리 고등학교는 여자상업고등학교로, 옆 건물의 여자 중
학교와 같은 재단에서 운영하는 중고등학교가 함께 붙어 있
던 곳이었다. 앞자리 친구는 같은 재단 여중을 나와서인지
고등학교 사정에 대해서도 잘 아는 것 같았다.

"그전부터 선생님들께서 말씀하셨거든. 그래서 일부러 여
기로 온 애들이 좀 있어."

순간 뒤통수를 맞은 기분이었다. 그럼 내 목표는? 전교 상
위권에 들어야 대기업에서 취업 의뢰가 들어올 텐데 내신을
따기 위해 잘하는 아이들이 이곳에 왔다면 내 등수는? 모든

것이 장담할 수 없는 일이 되어버렸다.

'휴…. 망했다.'

내가 정했던 목표가 저 멀리 손을 흔들며 떠나가는 것 같았다. 영혼도 스르르 빠져나가는 것 같고. 그리고 소문은 다시 한번 뒤통수를 세게 치듯 사실로 밝혀졌다. 선생님께서 산만해진 분위기와 소문을 잠재우기 위해 쐐기를 박으셨기 때문이다.

"내년부터 대학 진학반이 생길 거니까 잘 생각해 보고 희망하는 애들만 말해줘. 성적순으로 잘라 딱 한 반만 만들 거지만. 알겠지?"

눈물이 핑 돌았다. 하지만 현실을 부정하며 계속 멍 때리고 있을 수는 없었다.

'그래, 길고 짧은 건 대보아야 안다고 했어. 열심히 해 보는 거야!'

시간이 흘러 중간고사와 기말고사가 치러지며 1학기 성적이 나왔다. 다행히 나는 상위권을 차지할 수 있었다. 그 성적 역시 엄마를 기쁘게 해 드리는 원동력이었다. 그리고 2학기에도 좋은 성적을 유지했다.

　그렇게 1학년이 마무리될 무렵, 겨울 방학을 앞두고 진로 결정이 시급했다. 취직을 준비할지, 대학 진학을 준비할지 확실히 방향을 정해야 해서였다. 담임 선생님께서는 다시 한 번 신중히 고민하고 부모님과 상의해서 방학 전까지 알려달라고 말씀하셨다. 분명, 뚜렷한 목표가 있었는데도 신중히 고민하라는 선생님의 말씀이 귓가에 맴돌았다. 어쩌면 대학교에 대한 미련이 남아 있어 그랬던 것 같기도 하다.

　고등학교를 선택할 때도 나는 엄마와 상의하지 않았다. 그저 상업고등학교를 가겠다고 엄마께 말씀드렸을 뿐이었다. 엄마는 딸들이 원하는 방향으로 대부분 맞춰주셨기에 고등학교도 내 의사에 의해 결정됐다. 그런데 다시 한번 선택의 기로에 서니, 엄마 의견이 궁금했다. 그래서 엄마께 대학 진학반이 생긴다고 말씀드렸다. 그리고 엄마는 당연히 내가 하고 싶은 대로 하라고 말씀하실 줄 알았는데 예상은 또다시 빗나갔다.

"정말? 막둥아, 그럼 대학 진학반으로 가면 안 될까? 엄마는 네가 대학교는 나왔으면 좋겠거든."

엄마는 인문계를 가지 않은 게 계속 마음에 걸리셨다며, 이제 대부분 대학교를 나오는 시대가 될 거라고 진로를 바꾸면 안 되겠냐고 말씀하셨다. 그러고는 비록 엄마 혼자 벌어서 사립대 4년제까지는 보내줄 수 없지만, 전문대와 국립대는 보내줄 수 있다는 말씀을 덧붙이셨다.

사실 엄마도 공부에 욕심이 많으신 분이셨다. 하지만 안타깝게도 여자라는 이유로 공부를 제대로 하지 못하셨다. 엄마가 태어나고 자라던 1950년대에는 가난해서 학교를 나오지 못하신 분들이 많았다. 그런데 엄마는 부유한 집에서 태어났음에도 공부를 할 수가 없으셨다. 그건, 외할아버지께서 남아 선호 사상이 너무 뚜렷하셨기 때문이었다.

외할아버지께서는 여자는 공부를 잘해도 쓸모없다고 여기시며 공부를 원하던 엄마를 지원해 주지 않으셨다. 그래서 무작정 서울로 올라와 주간에는 일하고, 야간에는 공부하며 중고등학교를 졸업하셨다고 엄마께서 종종 말씀하셨다. 대학교도 가고 싶었지만 결국 못 가셨다며 대학교에 대한 미련도 많이 내비치셨다. 그래서인지 내가 대학교에 가기를 간절히 바라시는 것 같았다. 엄마가 해보지 못했던 걸 딸이 대신 이뤄줬으면 하는 마음을 느낄 수 있었다.

뚜렷한 목표를 세우고 취직을 위해 상업고등학교에 진학했는데 운명의 장난인지 바뀌어 버린 상황 속에서 진로를 다시 고민해야 했다.

'그래, 엄마 꿈을 이뤄드리는 거야. 대학교를 나오면 월급이 좀 더 나을 수도 있고.'

나는 고민 끝에, 진로를 바꾸기로 결심했다. 대학교에 진학하는 것, 그게 내 새로운 목표였다.

'대학 진학? 그럼 과는?'

그리고 그 목표에 따라 과를 선택해야 했다. 하지만 전공한 과를 나와 가질 수 있는 직업은 규칙적으로 월급이 나오고 안정적인 일이어야만 했다. 그렇기에 과를 정하기 위한 선택지 안에 국어국문학과나 문학과를 넣을 수는 없었다.

"나는 엄마의 오랜 꿈을 내가 대신 이루어 드리고 싶었다.

대학교에 들어가 엄마를 모시고 학교에도 가고,

졸업할 때는 엄마께 학사모도 씌워 드리고 싶었다.

그래서 대학교 진학으로 진로를 정하고 과를 고민했다.

하지만 선택지에 작가가 되기 위한 과를 넣을 수는 없었다."

2장

그럼에도 계속 꿈꾸고 싶었지만 잊힌

현실 앞에서 꿈을 뒤로 미루기는 했지만 그럼에도 소녀는 계속 꿈
꾸고 싶었다. 그러나 반복되는 시련으로 결국, 꿈을 놓아버리고
말았다. 그리고 그 꿈은 그녀의 기억 속에서 시나브로 잊혀갔다.

"당신도 현실 앞에서 꿈을 나중으로 미루거나 포기한 적
이 있지 않나요?"

비빔밥과 연근조림은
꿈을 싣고

2학년이 되자 대학 진학을 목표로 한 아이들만 모인 일명 '올빼미 반'이 결성됐다. 그리고 나 역시 올빼미 반에 속하게 되었다.

'난 왜 여기 있는 거지?'

갑자기 바뀌어 버린 상황 속에서 이따금 의문이 한 번씩 나를 찾아왔다. 하지만 내가 선택했기에 현실을 받아들이며 그 상황 속에서 최선을 다해야 했다.

내 나이 고작 열여덟 살, 친구들은 부모님께 응석을 부리고 뒤늦은 사춘기로 짜증을 내기도 한다고 했지만 나는 또래처럼 굴 수 없었다. 밤낮으로 고생하시는 엄마를 생각하며 현실 속 더 나은 방향을 찾기 위해 노력해야 했기 때문이다.

'꼬박꼬박 월급이 나오고 안정적인 직업이 뭐가 있을까?
어떤 과를 가야 괜찮은 직장에 취직할 수 있을까?'

한동안 많이 고민했다. 하지만 과에 대한 지식도 부족하고
그 과를 통해 취업으로 어떻게 연결되는지 알 수가 없어 진
로를 정하는 건 마음처럼 쉽지 않았다. 그래서 나는 막연히
공부를 열심히 했다. 또 자격증을 따면 가산점이 붙는 대학
교도 있다는 말에 컴퓨터 학원을 다니며 관련 자격증도 따기
시작했다.

그렇게 무작정 최선을 다하며 지내던 어느 날이었다. 전날
야간 자율 학습으로 눈 밑에는 다크서클이 진하게 내려오고,
입에서는 연실 하품이 나는 유난히 피곤한 날이었다. 입맛도
없어 급식을 거르려는데 친구는 한사코 함께 점심을 먹으러
가자고 했다. 친구의 성화에 못 이겨 급식소로 온 나는, 점심
을 먹으러 가자고 한 친구에게 정말 고마웠다. 내가 가장 좋
아하는 비빔밥이 눈앞에 있어서였다.

김이 모락모락 나는 따끈한 밥에 시금치, 볶은 무, 콩나물, 당근, 버섯 등 먹음직스러운 색감이 도는 채소들이 그 위를 장식하고, 영롱한 노른자를 뽐내는 달걀프라이가 얹힌 비빔밥은 보기만 해도 침샘을 자극했다. 화룡점정 매콤달콤한 비빔장과 고소한 향을 풍기는 참기름까지. 거기에 부드러운 달걀국이 더해지니 그야말로 환상의 조합이었다. 나는 입맛이 없다는 말이 거짓말이었던 것처럼 비빔밥 한 그릇을 뚝딱 해치웠다.

아주아주 만족스러운 식사를 마치고 급식소를 나가려던 때였다. 배식 상황을 확인하러 오신 영양사 선생님과 마주쳤다. 선생님께서는 힘들어 보이는 나를 안타깝게 바라보시며 말씀하셨다.

"맛있게 먹었어? 공부하는 거 많이 힘들지? 너무 무리하지 말고. 혹시 먹고 싶은 거 있니? 있으면 저기 건의함에 넣어 줘. 선생님이 메뉴에 넣어줄게. 알겠지?"

지금도 그렇지만 그때도 나에게 있어 먹을 것을 이기는 것은 없었다. 먹고 싶은 것을 메뉴로 넣어주신다며 환하게 웃으시는 영양사 선생님이 마치 천사처럼 보였으니 말이다. 그리고 그 순간, 초등학교 때 영양사 선생님의 모습이 현재의 영양사 선생님 모습과 겹쳐 보였다.

내가 초등학교 4학년이 되던 해, 시골에 처음 급식이 도입됐다. 그래서 그때부터 엄마표 도시락 대신 급식을 먹었다. 솔직히 급식보다 엄마가 해주시는 밥이 더 맛있었다. 그래도 도시락까지 신경 쓰시는 엄마의 일이 줄어든 것 같아 급식이 나쁘지만은 않았다.

또 부잣집 친구 반찬과 내 반찬이 비교되지 않아도 된다는 점에서는 오히려 좋았다. 가끔 부잣집 남자애가 케첩이 잔뜩 뿌려진 비엔나소시지를 반찬으로 싸 올 때면, 부럽기도 하고 채소 반찬이 주였던 내 반찬과 비교돼 창피하게 느껴지기도 했기 때문이다. 더욱이 사계절 내내 따뜻한 밥과 국을 먹을 수 있다는 점을 포함하면 급식은 매우 만족스러웠다.

그런데 지금은 자유로이 반찬을 받을 수 있고 못 먹으면 남기는 것이 가능하지만, 내가 초등학교에 다닐 때는 잔반이 없어야 퇴실할 수 있는, 잔반 없는 날이 많았다. 아니, 거의 매일 그랬다. 그래서 꼭 먹을 만큼만 받아와야 했다. 또 싫어하는 반찬이 나와도 받지 않을 수는 없었다. 나는 편식하지 않아서 그런지 그런 규칙은 그다지 신경 쓰이지 않았다. 그런데 급식이 도입되고 1년 정도 지났을 무렵, 처음으로 고비가 찾아온 사건이 발생하고 말았다.

5학년 가을 즈음 여느 때처럼 점심시간이 되어 급식소로 온 나는, 메뉴를 보고 깊은 고민에 빠졌다. 미리 알았더라면 배가 아프다는 핑계를 대서라도 먹고 싶지 않은 반찬이 눈앞에 버젓이 등장해 있어서였다. 내가 가장 싫어하는 반찬인 연근조림이.

채소를 싫어하는 보통의 아이들과는 달리 나는 가리지 않고 뭐든 잘 먹었다. 딱 한 가지, 연근조림만 빼고. 하지만 연근조림도 처음부터 싫어했던 건 아니었다.

내가 유치원을 졸업하고 초등학교에 들어갈 무렵, 심리적으로 학교 가는 게 불안했는지 잔뇨감을 많이 느껴 화장실에 자주 갔다. 그리고 그런 나로 인해 엄마는 걱정이 깊으셨다. 그래서 고민을 마을 사람들에게 털어놓으시며, 그 과정에서 연근이 화장실을 자주 가는 증상에 좋다는 소리를 듣게 되셨다.

우리 동네는 저수지 같은 커다란 연못, 방죽이 있었다. 그리고 그곳에는 여름이면 연꽃이 아름답게 폈다가, 연꽃이 지고 나면 연근이 커다랗게 뿌리를 내렸다. 엄마는 동네 방죽에 널린 연근이 좋다는 소리에 그날부터 나에게 연근을 먹이셨다.

나도 화장실에 자주 가는 게 싫었고, 채소도 잘 먹는 편이어서 처음 엄마가 연근을 주셨을 때는 주는 대로 잘 받아먹었다. 그러나 시간이 갈수록 내 취향도 아닌 데다 끼니마다 밥상에 올라오는 연근을 먹는 건 쉬운 일이 아니었다.

"엄마, 나 더 이상 못 먹겠어. 토할 것 같아."
"아가, 한 번만, 딱 한 번만 더 먹자. 그래야 나아지지."
엄마 마음을 알기에 두 눈 질끈 감고, 코도 막은 채 연근을 아작아작 씹고 꿀꺽 넘기려던 때였다. 맛있게 먹은 아침밥을 비롯해 모든 음식을 쏟아내고야 말았다. 그 뒤로 연근만 보면 속이 메스꺼웠다. 그때부터 연근은 내가 싫어하는 유일한 채소로 등극했다.

그런데 하필 급식으로 연근조림이 나오다니 믿고 싶지 않
았다. 배식을 담당하는 여사님께 '안 주시면 안 돼요?'라고
말할까 고민만 하다 끝내 연근조림을 세 조각이나 받아왔다.
'으, 왜 이렇게 많이 주신 거야. 왜!'
밥과 다른 반찬은 다 먹고, 기어이 남아 있는 연근과 대치
상황이 일어났다. 친구에게는 차마 연근을 못 먹는다는 사실
을 말하지 못하고 먼저 교실에 가 있으라고 했다. 그렇게 한
참을 연근과 씨름하다 보니 어느새 급식실에는 나를 포함한
몇몇 아이들만 남아 있었다. 그때, 앞에서 식판 검사를 하시
던 영양사 선생님께서 다가오시더니 내게 작은 목소리로 말
씀하셨다.

"선생님 잠깐 여기 서 있을게, 얼른 버리고 가. 그래도 노
력은 해 봐! 알겠지?"
센스 있는 영양사 선생님 덕분에 나는 초등학생 인생에 찾
아온 고비를 잘 넘길 수 있었다. 그리고 그 뒤로 영양사 선생님

을 감사한 사람 중 한 분으로 간직했다. 그런데 갑자기 떠오른 초등학교 시절의 영양사 선생님과 환하게 웃고 계시는 현재의 영양사 선생님을 보고 있으니 나도 영양사가 되고 싶었다.

더욱이 남녀를 구분 짓는 건 아니지만 영양사라는 직업은 여자에게 더 잘 어울리는 것 같았고, 다달이 고정적인 월급이 나온다는 것까지 정말 내가 바라던 직업에 딱 부합했다.

그날 이후 영양사가 되기 위해 어떻게 해야 하는지를 찾아보다 식품공학과나 영양학과를 나오면 영양사 자격증을 딸 수 있는 기회가 주어진다는 걸 알게 되었다. 그래서 영양사의 꿈을 키우며 관련 학과를 가기 위해 열심히 공부했다. 하지만 노력과는 달리 수능 성적은 잘 나오지 않았다.

그래도 다행히 겨우겨우 엄마가 제시한 조건에 맞는 곳에 합격할 수 있었다. 국립대학교 4년제에. 비록 지방대이기는 했어도 내가 원하는 식품공학과에 들어갔다는 것에 만족하며 그곳에서 최선을 다하리라 다짐했다.

'난 반드시 영양사가 될 거야!'

"늘 현실과 타협하던 내게,

비빔밥과 연근조림은 내가 다시 꿈을 꿀 수 있게 해주었다.

가장 좋아하는 음식인 비빔밥과 가장 싫어하는 음식인 연근조림.

나에게 있어 상반되는 두 가지 음식이지만 그 음식들로

나는 다시 꿈을 꿀 수 있었다.

'반드시 영양사가 될 거야!'"

포기하게 만드는
상황들 속에서

'먹고 대학생이라고?' 학생이라는 신분은 있지만 백수처럼 놀고먹는다는 뜻의 먹고 대학생. 이 말을 처음들은 건 고등학교 때였다. 공부로 지친 우리에게 담임 선생님께서는 종종 이렇게 말씀해 주셨다.

"조금만 더 고생하면 편하게 먹고 놀면서 학교 다닐 수 있어. 먹고 대학생! 그게 아마 너희가 될 거다."

그때는 속으로 '아무리 그래도 학교인데 힘들겠지.'하고 생각했는데 대학생이 되어 그때를 돌아보니 선생님 말씀은 사실에 가까웠다. 치열했던 중고등학교 때에 비하면 하루에 많아야 두세 개인 수업을 소화하는 건 그리 어렵지 않았기 때문이다. 물론, 내 기준일 수 있고 아르바이트와 공부를 병행하며 치열하게 대학 생활을 한 사람들도 있겠지만.

아무튼 나는, 취업을 목전에 두기 전까지는 먹고 대학생이라는 말을 참 많이 실감했다. 또 대학교에 입학하고 그 시절을 보내며 선생님들과 몇몇 어른들께서 하셨던 말씀 중 엄청나게 커다란 거짓말도 있었음을 알게 되었다. 외모에 신경 쓰던 여고생들에게 어른들은 이렇게 말씀하시고는 하셨다.

"신경 쓰지 마. 지금 너희가 외모에 신경 쓸 때야? 대학 가면 살도 빠지고 예뻐질 테니까 공부만 해. 알겠지?"

대학 가면 살도 빠지고 예뻐질 거라던 말, 그 말은 명백한 거짓이었다. 나를 비롯해 그 어떤 친구도 살이 빠지거나 예뻐지지 않았으니 말이다. 대학 생활은 일부 거짓으로 판명된 것도 있었지만 즐겁고 편안한 생활의 연속이었다.

여유 있는 수업시간표에 봄이면 봄이라는 이유로, 가을이면 가을이라는 이유로 축제를 열고 MT도 떠나는 신명 나는 분위기가 나를 더욱 즐겁게 만들었다. 게다가 밥 잘 사주는 과 선배들과 동아리 선배들이 있어 그 즐거움은 배가 됐다. 그러나 그런 분위기 속에서도 긴장의 끈을 놓을 수는 없었다. 녹록지 않은 현실에서 다시금 생긴 꿈을 이루기 위해 노력해야 했기 때문이다.

나는 우연히 과에서 일등을 하면 등록금을 전액 면제해 준다는 사실을 알게 되며 엄마께 학비에 대한 부담을 덜어드리고 싶다는 생각이 간절해졌다. 그래서 그때부터 공부를 더욱 열심히 했다. 영양사가 되겠다는 꿈을 이루기 위해서도 최선을 다해야 했고. 다행히 노력은 좋은 결과로 이어져 1, 2학기 모두 전액 장학금을 받아 학비에 대한 엄마의 부담을 덜어드릴 수 있었다.

공부를 열심히 하고 학교생활도 즐기다 보니 어느새 1학년이 빠르게 지나갔다. 그리고 겨울 방학이 되어 2학년 수강 신청 기간이 되었다.

수강 신청을 위해 수강 목록을 확인하는데 영양사가 되기 위해 들어야 한다던 필수과목들이 컴퓨터 화면에 보이지 않았다. 무언가 이상하고 불길한 예감이 들어 서둘러 과 사무실로 전화했다.

"네, 식품공학과 과 사무실입니다."

조교님이 전화를 받자마자, 자초지종을 설명했다.

"안녕하세요. 지금 2학년 수업 수강 신청 중인데요. 영양학 관련 과목을 듣고 싶은데, 화면에 안 뜨는데 어떻게 해야 해요?"

"아, 그거요? 갑자기 규정이 바뀌어서 과 게시판에 공지했는데요, 이제 영양학 쪽은 식품영양학과로 일임돼서 우리 과에서는 이수할 수 없게 됐어요."

도저히 믿을 수가 없었다. 아니, 믿고 싶지 않았다. 학교를 알아볼 때까지도 분명 식품공학과에서도 영양사 자격증을 딸 수 있는 권한을 준다고 했었다. 그래서 여기에 입학했건만. 꿈을 이루지 못하게 방해라도 하듯 갑자기 권한이 일임되어 식품영양학과가 아닌 이곳에서 꿈을 실현하는 건 불가능한 일이 되어버리고 말았다.

아무리 알 수 없는 게 인생이라지만 내 인생이 이렇게 미지수일 줄은 몰랐다. 순간, 셋째 언니가 했던 말이 생각났다. 나보다 여덟 살이나 많은 셋째 언니는 가끔 이런 이야기를 했다.

'나이 먹을수록 마음처럼 되는 게 많이 없네. 그래서 그런지 계획대로 50퍼센트만 돼도 정말 대단한 거라더라.'

그때는 이렇게까지 와닿지 않았는데 언니의 말이 많이 공감됐다.

'휴…. 이제 어떻게 하지?'

나는 알 수 없는 인생에서 또다시 며칠을 고민하다 결국, 과를 전향하기로 했다. 내가 좇던 꿈을 허무하게 포기하고 싶지 않아서였다.

그 후, 편입을 알아보며 집에서 버스로 한 시간 정도 걸리는 대학교에 식품영양학과가 있다는 것을 알게 되었다. 하지만 거리가 멀고 내가 입학한 곳보다 성적이 더 좋아야 갈 수 있어서 어려움이 따를 거라 생각됐다. 그래도 이번만큼은 결코 결심을 꺾고 싶지 않았다.

그렇게 편입이 가능한 3학년이 될 때까지 기다리기로 하고, 학교 공부와 편입 준비를 병행하며 바쁘게 지내던 어느 날이었다. 1학기 기말고사를 앞두고 도서관에서 공부를 하다 잠시 머리를 식힐 겸 밖으로 나와 벤치로 향하고 있었다. 그 때, 그곳을 지나던 과 선배와 마주쳤다. 선배는 반갑게 인사하더니 주위를 몇 번이나 둘러보며 내게 조심스레 물었다.

"너, 편입 준비한다는 거 사실이야? 영양학과로 간다던데 맞아?"

"네?"

선배의 물음에 나는 너무 놀라 되물었다. 편입이 불가능할 수도 있고 친해진 친구들에게 미안해 되도록 천천히 알리고 싶었다. 그래서 비밀에 부쳤기에 내가 편입을 준비한다는 걸 아는 사람은 몇 명 되지 않았기 때문이다.

"네…. 근데, 어떻게 아셨어요?"

"어쩌다 들었어. 편입 꼭 해야겠어? 내 생각에는 영양학과보다 우리 과가 더 괜찮을 거 같은데, 그냥 남아 있으면 안 돼?"

선배는 식품공학과가 영양학과보다 할 수 있는 영역이 더 많을 것 같다며 그냥 이곳에 남으면 어떻겠냐고 물었다. 식품공학을 전공하면 식품 연구원이나 식품 개발자가 될 수 있고, 식품 회사에 취직할 수 있을 뿐만 아니라 우리 과는 식품 생명공학과라 건강 기능 식품 회사로도 취직이 가능하다는 말을 덧붙였다. 선배는 졸업 반이라 취직을 준비하고 있어 진로에 대한 지식이 해박했다.

사실, 영양사를 내가 직접 해 본 것도 아니고 경험을 가진 주변인이 있는 것도 아니어서 그 직업에 대해 자세히 알지는 못했다. 단지, 생각 속 존재하는 이미지만 있을 뿐이었다. 그래서 선배의 말에 살짝 동요되기는 했다. 그런데 마지막 말이 이어지며 내 꿈은 사정없이 요동치기 시작했다.

"아마, 영양사보다 월급도 더 많을걸? 승진하면 월급 오를 기회도 생길 거고."

'월급? 돈을 더 많이 준다고?'

어느새 나는, 돈이라는 현실과 나의 꿈을 견주고 있었다.

"대학교 정문 앞에서 친구들과 함께 사진을 찍으며,

반드시 영양사가 되겠다고 다시 한번 다짐했다.

하지만 예상치 못한 변수가 찾아와 더 이상 영양사의 꿈을 꿀 수가 없었다.

그래도 이번만큼은 꿈을 포기하지 않으려 노력했지만

결국 나는, 돈이라는 현실과 소중한 꿈을 견주고 있었다."

다시 찾아온 기회를
잡지 못했다

편입을 준비하며 솔직히 조금 흔들릴 때도 있었다. 대학 생활은 정말 재밌었고, 친구들과의 관계도 좋았으니 말이다. 더욱이 노력하면 과에서 일등도 가능하다는 걸 알았는데 모든 것을 뒤로하고 꿈 하나만 바라보며 알 수 없는 길을 선택한다는 건 결코 쉬운 일이 아니었다.

계획대로 되지 않는다는 인생의 쓴맛을 알고 나니, 이따금 '정말 편입이 더 나을까? 내가 바라던 대로 될 수 있을까?'하는 의문이 자리하기도 했다. 하지만 꿈보다 현실이 늘 앞섰기에 이번만큼은 꿈을 먼저 생각하고 싶었다.

그런데 선배의 조언 앞에서, 굳건할 것 같던 내 꿈은 사정없이 흔들렸다. 그리고 여느 때처럼 결심은 현실을 향해 기울고 있었다. 결국 나는, 편입을 포기했다. 이따금 꿈을 포기했다는 게 마음 한곳에서 무언가 울컥하는 감정을 만들어 내기도 했지만 그럴 때면 '이 선택이 옳은 거야.'하고 애써 마음을 다독였다.

그래도 다행인 건, 전공과목을 수강할수록 식품공학에 대한 흥미가 높아지며 전공이 나와 잘 맞는다는 생각이 드는 것이었다. 그러다 보니 자연스레 내가 하고 싶은 것, 꿈이 다시 생기게 되었다.

'그래, 식품 연구원이 되는 거야!'

식품 연구원이 되어 더 많은 식료품과 식품을 연구해 보고 싶었다. 그래서 인터넷 검색 사이트에 식품 연구원이 되는 방법을 검색해 보고, 과 선배들에게 조언도 구했다. 그러다 식품 연구원이 되려면 학사를 넘어 석박사 과정을 밟아야 한다는 걸 알게 되었다.

엄마께 학비에 대한 부담을 드리고 싶지 않아 대학교도 고민 끝에 왔는데 대학원 학비로 또다시 부담을 드릴 수는 없었다. 그래서 힘들게 찾은 연구원이라는 꿈을 포기했다.

꿈도, 목표도 찾지 못한 채 시간은 흘러 어느덧 3학년이 되었다. 그리고 스멀스멀 취직의 그림자가 드리우며 진로에 대한 고민은 더욱 깊어져 갔다.

'진짜 어떻게 해야 하지? 뭐 해 먹고 사냐….'

마땅히 하고 싶은 것도 없는 데다 내가 정한 선택지에 부합하는 직업을 찾는 건 여간 힘든 일이 아니었다. 그래서 우선 학과 관련 자격증을 따 놓기로 결심했다. 선배들과 교수님들께서 식품 산업 기사나 식품 기사를 따면 취직이 유리하고, 잘하면 대기업에 취직하는 것도 가능하다고 말씀하셨기 때문이다. 하지만 식품 기사는 4학년이 되어야 응시할 수 있는 기회가 생겨서 산업 기사를 먼저 따놓고 기사에 도전하기로 했다.

그렇게 결심하고 산업 기사를 준비하다 보니, 자연스레 자격증을 취득해 대기업에 취직하자는 목표가 생기게 되었다. 그래서 그 목표를 향해 나아가며 학업과 자격증 취득에 열중하던 때, 내게 뜻밖의 행운이 찾아왔다. 식품 관련 모 대기업 연구소에 고문으로 계신 교수님께서 나를 교수님 사무실로 부르셨다.

"혹시 우리 연구실로 들어와서 공부해 볼 생각 없니? 이 교수가 너를 얘기하더구나."

미생물학을 담당하시던 교수님이 나를 추천하셨다며 당신의 연구실로 들어와 연구를 도와달라고 말씀하셨다. 그렇게 하면 당신이 고문으로 있는 연구소에 취직시켜 주겠다는 말씀도 덧붙이셨다.

'정말? 내가 하고 싶었던 식품 연구원이 될 수 있다고?'

현실에서 포기했던 식품 연구원이 될 수 있는 기회를 주신다고 하니 마다할 이유가 없었다. 더욱이 한 달에 40만 원이나 되는 월급까지 나온다고 하셨다. 돈도 벌고 꿈도 이룰 수 있는 정말 대박인 제안이었다.

그래서 나는 다음 날부터 교수님 연구실로 들어가 연구를 도왔다. 그리고 그곳에서 먼저 들어와 교수님을 돕고 있는 과 선배들과 함께 실험도 하고, 교과 외 다른 지식도 쌓아가며 열심히 연구했다.

시간이 흘러 함께 지내던 선배들은 졸업하고 나는 4학년이 되었다. 하지만 졸업한 선배들은 취직을 못 하고 교수님 연구실에 머무는 시간이 많았다. 선배들한테도 교수님께서 취직시켜 주겠다고 말씀하셨지만, 연구소에 자리가 나지 않아 하염없는 기다림을 계속해야만 했다.

'선배들도 못 가고 있는데 과연 내 자리가 있을까?'

기약 없이 기다리는 선배들을 보며 나는 교수님에 대한 믿음이 조금씩 깨지기 시작했다. 그리고 그 무렵, 교수님은 내게 대학원에 진학해서 더 많은 것을 배운 뒤 연구소로 오면 어떻겠냐고 말씀하셨다.

'진짜 자리가 없어서 이러시는 건가? 아니면, 스펙이 부족해서 그러시는 건가?'

교수님을 향한 의심이 극에 달하며 더 이상 교수님을 믿을 수가 없었다. 그래서 조기 졸업을 하기로 결심했다.

사실 나는, 늘 빨리 졸업해서 돈을 벌어야 한다는 생각으로 학기마다 24학점을 들으며 조기 졸업을 준비했었다. 하지만 교수님의 제안으로 연구실에 들어오면서, 연구원이 되겠다는 꿈을 이루기 위해 4학년 2학기까지 교수님께 많은 것을 배우고 모든 학기를 마친 후 졸업하기로 결심했다. 그런데 상황은 계획대로 흘러가 주지 않았다. 설사 기다린다 해도 내 꿈을 이루는 건 불가능해 보였다.

그때의 나는, 기다림을 계속할 마음의 여유가 없었다. 그래서 연구실에 들어오기 전에 세웠던 계획대로 조기 졸업을 하기 위한 절차를 밟아 나갔다. 그리고 다행히 조기 졸업을 할 수 있었다.

나는 1학기 성적이 나오고 졸업장이 나오기 무섭게 취직자리를 알아봤다. 잡코리아, 사람인, 교차로 등 다양한 구직 사이트를 하루에 몇 번이나 드나들며 괜찮은 조건을 찾으려고 노력했다. 그러다 연봉이 괜찮은 중소기업을 발견해 그곳에 지원했다. 서류는 합격이었다. 이어진 면접도 운 좋게 통과했다. 드디어 첫 직장에 입사하며 사회 초년생이 되었다.

첫 직장은 생각보다 분위기도 좋고 일도 재밌었다. 하지만 그 기쁨은 그리 오래가지 않았다. 처음에는 잘해주던 상사가 갑자기 선을 지키지 않아서였다. 이유는 편해서라지만 공사 구분 없이 발톱을 들이내며 나를 자신의 감정 쓰레기통인 양 대하는 상사의 행동을 더 이상 지켜볼 수가 없었다. 그래서 이직을 결심했다.

그러나 무턱대고 나올 수 없었던 내 형편상 계속 직장을 다니며 이직할 곳을 찾던 중, 대기업 공채가 눈에 들어왔다. 솔직히 자신 없었지만 만에 하나라는 심정으로 지원한 곳에서 운이 좋게도 최종 합격이라는 연락을 받았다.

비록 내가 꿈꾸던 식품 연구원은 아니었어도 대기업에 입사했다는 것만으로도 정말 기쁘고 뿌듯했다. 그리고 그곳에서의 생활은 아주 만족스러웠다. 아홉 명이나 되는 입사 동기가 있어 든든했고 일도 적성에 잘 맞아서였다.

또 직장 생활을 하니 엄마께 경제적으로 부담을 드리지 않아도 되고, 맛있는 음식과 예쁜 옷 정도는 사드릴 여력이 생겨 너무 좋았다.

그렇게 일상에서 안정을 찾아가며 편안한 나날을 보내던 어느 날이었다. 회사에서 업무를 보고 있는데 주머니에서 진동이 느껴졌다. 전화기를 꺼내 발신인을 확인하는 순간, 나는 놀라지 않을 수가 없었다.

'교수님?'

내가 몸담고 있던 연구실의 교수님, 꿈을 이룰 수 있게 기회를 주시겠다던 바로 그 교수님이셨기 때문이다.

"꿈을 꿀 수 있는 기회가 행운처럼 다시 찾아왔지만

나는 그 기회를 잡지 못했다.

그때의 나는 시간과 돈에 쫓겨야 했기에,

그 기회가 내 차례가 될 때까지 하염없이 기다릴 수는 없었다."

마주한 순간, 비로소 꿈을 꾸었다

결국
달아 주지 못한 날개

'교수님께서 왜….'

연구실을 나오며 교수님과의 연은 끝이라고 생각했다. 내 힘으로 일자리를 알아보는 동안 취직을 제안했던 교수님의 말씀은 제자들을 이용하기 위한 수단인 양 느껴져 배신감으로 다가왔기 때문이다.

하지만 취직해서 먹고살기 바쁘다 보니 교수님께 느꼈던 배신감도, 그 배신감을 가져다준 교수님이라는 존재도 서서히 기억 속에서 잊히고 있었다. 그리고 교수님께서도 나를, 나와의 약속은 잊은 채 지내실 거라 그리 여겼다. 그런데 생각과는 달리 핸드폰 속 발신자는 교수님이셨다. 나는 너무 당혹스러워 선뜻 전화를 받을 수가 없었다.

'그냥 받지 말아야겠다!'

진동을 무시하며 핸드폰을 주머니에 다시 넣으려던 그때, 불현듯 연구실 생활과 함께 교수님의 환한 미소가 떠올랐다.

대학 시절 교수님께서는 내게 다정히 대해주시며 많은 것을 가르쳐 주셨다. 그래서 교과 외에 배운 것도 많고, 값진 경험을 했던 건 사실이다. 또 연구실 생활이 가산점이 되어 취직에 큰 영향을 주기도 했다. 그런데 취직시켜 주지 않았다는 이유로 교수님과의 연을 끊은 것도 모자라 걸려 온 전화마저 피하는 건 예의가 아니라 생각됐다. 나는 서둘러 교수님과 나눌 첫마디를 생각한 뒤 통화 버튼을 눌렀다.

"교수님, 안녕하세요. 그동안 잘 지내셨어요?"

"응, 그래. 잘 지냈지? 혹시, 취직했니?"

교수님은 안부를 물으시고는 바로 본론을 말씀하셨다. 연구소에 자리가 하나 났는데 그곳에 나를 취직시켜 주겠다고 하셨다. 연구실 생활을 함께했던 선배와도 간간이 연락을 주고받던 터라 선배도 교수님의 연락을 기다리다 본인 힘으로 취직했다는 말을 들었기에 상상조차 할 수 없던 일이었다.

게다가 순서가 있으니 내 차례는 오지 않을 거라 확신했다.

하지만 교수님께서는 늘 돈에 쫓기던 내 성격을 알고 계셨는지 한사코 선배들보다 내가 먼저 그곳에 가길 원하신다며 언제부터 출근할 수 있는지를 여쭤보셨다.

'내가 먼저? 선배들은? 식품 연구원? 꿈을 이룰 수 있다고?'

현실 앞에서 포기했던 꿈을 이룰 기회가 다시 찾아오니, 많은 생각들이 머릿속을 스치고 지나갔다. 심장도 마구 쿵쾅대고. 하지만 이내 마음을 다잡았다. 그건 이미 정해 놓은 답이 있어서였다.

첫 직장에 취직하고 직장 생활을 하던 때, 만약 교수님께 연락이 온다면 어떻게 할지를 생각한 적이 있었다. 물론 아주아주 만약이라는 전제가 깔려 있었지만. 그때 나는, 교수님께 연락이 온다 해도 품질 관리 일을 계속해야겠다고 생각했다. 연구소에서 살아남을 자신이 없는 탓이었다.

학창 시절 우연한 기회로 교수님을 따라 모 대기업 연구소에 방문했을 때, 그곳에 있는 연구원들을 보며 자신감이 떨어지고 많이 위축됐다. 지방대에 다니고 있고, 그게 최종

학력이 될 나와는 달리 그들은 모두 서울에 있는 대학교를 나와 내로라하는 대학원까지 나온 정말 박사들이었기 때문이다. 더욱이 우리 학교에서 유일하게 교수님 추천으로 취직한 선배는 그들을 따라가는 게 많이 힘들다고 말했다.

그때도 '내가 이곳에 온다면 잘할 수 있을까?'하는 생각을 많이 했지만 바라보는 꿈이 명확한 데다 주어진 현실에서 최고의 조건이었기에 죽을힘을 다하면 그들을 따라갈 수 있을 거라고 그렇게 믿었다. 하지만 상황은 달라져 나는 이미 취직해 절박하지 않았고, 품질 관리 일도 적성에 잘 맞았다.

또 그곳에 가려면 기숙사가 없어 월세나 전세를 구해야 했는데 사회 초년생인 내게는 그만큼의 돈이 없었다. 물론 엄마가 해줄 수 있는 상황도 되지 않았고. 그래서 만약 교수님께 제안이 온다면 거절해야겠다고 생각했다.

나는 꿈에 대한 미련을 남겨 놓은 채 정해 놓은 답을 교수님께 말씀드렸다.

"교수님, 죄송하지만 저는 지금 취직한 곳에 있고 싶어요.

신경 써주셔서 감사합니다."

그러자 교수님께서는 내가 취직한 곳에 대해 물어보셨다. 그리고 내 대답을 들으시고는 전공을 살려서 취직한 게 무엇보다 기쁘다고 말씀하시며 무척 대견해하셨다. 하지만 이따금 끝까지 꿈을 좇지 않은 그때가, 교수님께 연구소로 가지 않겠다고 말했던 게 후회될 때도 있었다.

'내가 꿈을 좇았다면 내 꿈에 날개가 달렸겠지? 그 날개로 훨훨 하늘을 날아다녔겠지?'하고 생각하며 지난날에 대한 물음표를 던지고는 했다.

꿈을 이루기 위해 상황이나 현실을 보지 않고 매진했다면 어땠을까? 생활에 안주하지 않고 더 큰 미래를 봤다면 어땠을까? 좀 더 나에게 자신감과 확신이 있었다면 어땠을까?

그러나 지난 일을 후회하며 과거에 연연하는 것이 얼마나 어리석은지를 세월 속에서 배웠기에 그저 현실에 또다시 안주했다. 아니, 그러려고 애썼다. '지금도 이 정도면 잘 살고 있는 거야.'하고 나를 위로했다.

"생각지 못했던 교수님의 전화로,

포기했던 꿈을 향해 나아갈까 잠시 고민했다.

하지만 현실에 만족하며 그 길을 택하지 않았다.

그렇게 나는 꿈에게 날개를 달아 주지 못했다."

일상에서의 안주
그리고 사랑

대학교에 다닐 때만 해도 나는 꿈을 꿨고, 현실과 견주며 미루기는 했어도 늘 생각했다. 언젠가는 꿈을 꼭 이루겠다고. 하지만 직장을 잡고 일상에 안주하며, 나는 그 삶 속에서 아무런 꿈도 꾸지 않았다. 사람들과 관계도 좋고 일의 만족도도 기대 이상이어서 그 생활에 만족하며 나도 모르게 꿈을 잊어가고 있었다.

더욱이 학교 다닐 때는 열심히 공부하는 것이 엄마를 기쁘게 해 드리는 일이었지만 대기업에 취직한 후로는 내가 좋은 직장에 다닌다는 것만으로도 엄마는 항상 기뻐하시며 딸을 자랑스러워하셨다. 엄마 말씀을 빌리면 나는 그 자체로 엄마의 기쁨이었다. 그래서 더 이상 큰 포부를 갖지 않았던 것 같다.

언니들도 모두 출가해 가정을 꾸리고, 막내딸인 내가 취직하고 안정을 찾으니 엄마는 더 이상 생계에 연연하며 일하지 않으셔도 됐다. 물론 자식들에게 손 벌리기 싫어하시는 엄마 성격상 소소한 일은 일흔이 넘어서까지 하셨지만, 치열했던 삶 속에서 생계를 위해 돈을 버는 것과는 마음의 무게가 달랐을 거라 생각이 든다.

학교 다닐 때는 취직만 하면 엄마가 돈을 물 쓰듯 쓰게 해 드리고, 이것저것 많은 것을 사드리겠다고 다짐했다. 그런데 막상 취직해 돈을 벌어보니 엄마가 돈을 펑펑 쓸 수 있게 해 드리기는커녕, 결혼 자금을 위해 소소하게 적금을 부으며 생활비를 하기에도 월급은 턱없이 부족했다.

'엄마는 나보다 더 적은 돈으로 우리 여섯을 어떻게 키우셨을까?'

통장을 지나 휘리릭 빠져나가는 월급을 볼 때면 새삼 우리 여섯을 키운 엄마가 정말 대단하게 느껴졌다.

일상에 안주해 버린 나는 꼬리표처럼 달고 다니던 '고생하시는 엄마 호강시켜 드리기'를 엄마께 맛있는 음식을 사드린

다거나 가끔 함께 여행하는 것으로 대체하며 스스로 완벽히 목표를 달성했다고 치부했다.

그때는, 내가 하고자 했던 것도 어느 정도 이루고 엄마도 편안해 보이셔서 일상에 만족하며 지냈다. 그래서인지 더 이상 무언가를 하기 위해 애쓰지도, 아등바등하지도 않았다. 늘 꿈과 맞서는 현실과 싸우지 않아도 돼서 오히려 편했다. 현실 앞에서 꿈을 포기하는 건 여간 버거운 일이 아니었기 때문이다. 그렇게 일상에 안주하며 지내던 그 무렵, 내게 사랑이 찾아왔다.

"너도 나올 거지?"

크리스마스이브 날, 가장 친한 친구로부터 연락이 왔다. 우리는 중학교 3학년 때 같은 반으로 만나 둘도 없는 친구가 되었다. 친구는 학창 시절 친하게 지내다가 어떠한 이유로 연락이 끊긴 아이들과 인터넷 소셜 커뮤니티 사이트를 통해 연락이 닿았다며 모임을 추진한다고 했다. 그리고 그 아이도 모임에 나온다고 말했다.

친구에게서 그 아이의 이름을 들으니 어릴 적 추억이 떠올랐다. 중학교 3학년 때 같은 반이 되어 알게 된 그 아이는 어느 정도 친분이 쌓인 후부터 내게 짓궂은 장난을 치기 시작했다. 그리고 나는 그게 관심의 표현이었다는 걸 시간이 지나서야 알았다.

우리는 서로 다른 고등학교로 진학했는데도 그 아이는 계속해서 연락하며 간간이 만남을 청했다. 그때까지도 나는 그 아이의 마음을 알아채지 못했다. 그런데 수능이 얼마 남지 않은 어느 날, 사뭇 진지한 표정으로 그 애가 내게 말했다.

"사실, 나… 중학교 때부터 너 좋아했어."

'장난치는 건가? 오늘이 만우절인가?'하고 잠시 생각했지만 그러기에는 친구의 목소리와 표정에서 진심이 느껴졌다. 나는 친구로만 생각했던 아이의 갑작스러운 고백에 당혹스러움을 감출 수가 없었다. 그래서 아무런 인사도 하지 않은 채 도망치듯 그 아이와 멀어졌다. 그리고 계속해서 걸려 오는 전화와 문자도 모두 무시했다.

그렇게 잠수를 타며 그 아이를 끊어냈다. 더 이상 친구로 지내는 건 어색하고 불편할 것 같아서였다. 하지만 시간이 흘러 어른이 되고, 감정이 성숙해지면서 그 친구에게 미안한 마음이 들었다.

'상처 많이 받았겠지? 나랑 우연히 마주쳐도 아는 척하고 싶지 않겠지?'

먼저 연락해 볼까 고민하다가도 차마 용기가 나지 않아 생각을 접고는 했었다. 그렇게 5년이라는 시간이 흘러 우리는 어느새 20대 중반이 되었다. 그런데 모임에 그 아이가 나온다니 생각만으로도 심장이 쿵쾅쿵쾅 뛰기 시작했다.

'가서 사과라도 해야 하나? 근데 무시하면 어쩌지?'

많은 생각들이 머릿속에 머물렀다.

"나 봐서라도 꼭 나와! 알겠지? 그렇게 알고 끊는다."라고 말하며 친구는 막무가내로 전화를 끊었다. 나는 오랫동안 고민한 끝에 모임에 나가기로 결심했다. 사과라도 해야 마음이 편할 것 같고 솔직히 궁금하기도 했다. 성인이 되어 건장한 남자가 되었을 그 아이의 모습이.

모임 당일, 친구가 말해준 장소로 약속 시간보다 조금 늦게 출발했다. 먼저 도착해 어색하게 앉아 있는 것보다 친구들이 어느 정도 모인 후에 들어가는 게 더 자연스럽게 행동할 수 있을 것 같아서였다. 도착하니 몇몇 친구들과 그 아이는 먼저 와 이야기를 나누고 있었다.

'내가 밉겠지? 그래도 이번에는 내가 먼저 아는 척하자.'

심호흡을 크게 하고는 성큼성큼 다가가 인사를 건네려는데 그 애가 먼저 인사했다.

"잘 지냈어?"

또다시 심장이 쿵쾅대고 있었다. 얼굴이 붉어지는 게 느껴졌지만 애써 태연한 척하며 나도 인사를 건넸다.

"응, 잘 지냈지. 넌?"

그런데 신기하게도 오랜만에 만났고, 내가 마음의 빚을 지고 있었음에도 함께 이야기할수록 어제 만났던 사이처럼 마음이 편안했다. 그리고 그건 그 아이가 날 더 이상 여자로 보지 않아 편하게 대해서 그런 거라며 스스로 결론을 내렸다.

'치⋯. 좋다고 할 때는 언제고.'

내가 싫다고 잠수를 탔으면서 마음을 접어버린 그 아이에게 서운함이 몰려왔다. 그래도 최대한 마음을 숨기며 모처럼 친구들과 즐겁게 시간을 보내고, 다음 날 출근을 위해 먼저 자리에서 일어났다. 그러자 그 애가 배웅해 준다며 나를 따라 나오더니 수줍게 핸드폰 번호를 물었다.

"핸드폰 번호 뭐야? 알려 주면 안 돼?"

그때 나는 확신했다. 아직 나를 좋아하고 있다는 걸. 또 내가 내린 결론이 오해였다고 생각하니 왠지 모르게 기분이 좋았다. 돌이켜 생각해 보면 우리가 다시 만난 순간부터 나도 그 아이에게 호감을 느꼈으면서도 알아채지 못했던 것 같다.

그날 이후 그 아이는 끊임없이 연락하며 마음을 표현했고, 우직하게 나만 바라봐 준 정성 때문인지 나도 그 친구를 좋아하게 되었다. 아니, 이미 많이 사랑하고 있었다.

불현듯 찾아온 사랑으로 일상에 안주하던 내 삶은 더욱 완벽해졌다. 그리고 그 삶 속에서 현실 앞에 잠시 미뤄뒀던 꿈은 시나브로 잊히고 있었다.

"핸드폰 번호 알려 주면 안 돼?

다시 만난 그 애가 내게 핸드폰 번호를 물었을 때,

나는 아직 나를 좋아하고 있는 것 같아 기분이 정말 좋았다.

그리고 그 애를 만나고 사랑하게 되면서,

안주하던 내 삶은 더욱 완벽해져 갔다."

딸이라는
행운을 만나며

내게 중학교 때부터 호감을 표현했지만 알아채지 못했고, 용기 내 고백했을 때도 철저히 무시했던 그 남자를 사랑하게 될 줄은 몰랐다. 인생에 있어 뚜렷한 목표를 세우며 그걸 실천하기 위해 또래보다 아등바등 살았다고 자신했는데, 남자친구를 만나며 내 삶은 철저하게 사랑 중심적인 삶으로 바뀌어 갔다. 정말 늦바람이 무섭다는 말은 사실이었다.

남자친구는 내게도 잘했지만 내 아킬레스건인 엄마에게 특히 잘했다. 엄마께 맛있는 것을 사드리며, 홀로 자식들을 키우느라 좋아하시는 여행도 많이 못 가셨다는 내 말에 엄마와 함께 여행도 자주 가주었으니 말이다. 나를 넘어 우리 엄마와 언니들에게도 자상한 이 남자에게 빠져드는 건 시간문제였다.

나는 그와 함께 있는 것만으로도 너무 행복했고, 어떠한 역경이 와도 이겨낼 수 있을 거라 확신할 만큼 그를 많이 믿고 의지했다.

연애를 시작할 때 대학생이었던 남자친구는 직장인이 되어 사회에 적응해 나갔다. 그리고 2년 정도 지나 사회인으로서 어느 정도 자리를 잡았을 때, 그는 내게 결혼을 약속했다.

"우리, 1년만 더 연애하고 내년에 꼭 결혼하자. 그때까지 기다려줄 수 있지?"

그의 말이 있고 네 번의 계절이 바뀐 따사로운 어느 봄날, 우리는 4년 2개월의 긴 연애를 마치고 약속대로 가족이 되었다.

신랑과 나는 빨리 아이를 갖고 싶었다. 그래서 결혼과 동시에 아이를 기다렸다. 그리고 다행히 결혼 한 달 만에 아이가 찾아왔다. 정말 기쁘고 행복했지만, 그 기분을 만끽할 수는 없었다. 안주하던 20대의 삶이 지나고 결혼으로 시작된 새로운 삶에서 오랜만에 목표가 생겨서였다. 지역을 이동해야 해서 일을 그만두기는 했어도 나는 계속 일하고 싶었다. 그래서 이직을 하는 게 목표였고, 더 좋은 조건으로 이직하기 위해서는 스펙을 쌓기 위한 공부가 필요했다.

새로운 환경에 적응하랴, 임신으로 인해 쏟아지는 잠을 참아가며 공부하랴, 멋진 살림의 여왕으로 등극하기 위해 노력하랴. 그때는 몸이 두 개여도 모자랄 정도로 바쁘게 지냈다. 욕심이 너무 많은 탓이었다. 찾아온 아이에게 신경도 못 써 줄 만큼.

그래서인지 아이는 내 곁에 계속 있어 주지 않았다. 신랑은 우리 아이가 아니었을 거라며 내 잘못이 아니라고 위로했지만 어떤 말도 마음에 와닿지 않았다. 모든 의욕이 사라지고 아무것도 하고 싶지 않을 뿐이었다.

결국 나는, 이직을 포기하며 나를 돌보고 남편에게 집중하기로 했다. 그러다 보면 아이가 다시 찾아와 줄 거라고 믿었기 때문이다. 그러나 바람과 달리 아이는 쉬이 찾아오지 않았다. 아이를 갖고 싶어 병원까지 다니며 노력해도 아이는 생기지 않았다. 그럴수록 나는 고민이 깊어지고 죄책감마저 들었다. 그렇게 힘든 시간을 보내며 아이를 기다리던 어느 봄날이었다.

"이번 주에 벚꽃이 절정이라던데 꽃구경 갈까?"

신랑은 한창 만발해 흐드러지게 핀 벚꽃을 보러 가자고 했다. 그래서 기분 전환을 할 겸 신랑을 따라나섰다. 하지만 예쁜 꽃을 봐도 기분은 좋아지지 않았다. 축제 기간이라 피날레로 폭죽이 밤하늘을 아름답게 수놓아도 별다른 감흥이 없었다.

'난 왜 이렇게 아이에게 연연하는 걸까?'

예쁜 꽃을 봐도 기쁘지 않고, 밤하늘에 예쁘게 수놓아지는 폭죽을 봐도 행복하지 않은 내가 갑자기 초라하게 느껴졌다. 노력해도 되지 않는 것에 연연하고 있는 것 같아 바보같이 느껴지기도 했다. 이루고자 했던 일은 어떻게든 노력해서 이뤘는데 처음으로 노력해도 할 수 없는 일이 있다는 걸 뼈저리게 느끼던 봄밤이었다.

그날 밤 나는, 아이 갖는 걸 포기해야겠다고 마음먹었다.

내가 너무 불행해 보여서였다. 그래서 집으로 돌아와 떨어지지 않는 입술을 어렵게 떼며 신랑에게 말했다.

"정말 나만 있으면 되는 거야?"

신랑은 아이를 원하는 나에게 가끔 이렇게 말했다. 나만 있으면 된다고. 나는 그 말을 다시 한번 확인하고 싶었다. 그러자 신랑은 정말 나만 있으면 된다고 말해주었다.

우리는 눈물을 흘리며 아이를 포기했다. 그리고 아이를 기다리며 불행하게 사느니 둘이 재미있고 행복하게 살자고 말했다. 그렇게 우리는 서로를 위로했다. 그런데 힘든 결심을 하고 정확히 한 달 뒤, 기적 같은 일이 일어났다. 그토록 기다리던 아기 천사가 우리를 찾아왔다.

몸이 어딘가 이상하고 월경 날짜가 지나 임신테스트기를 해 보니 선명한 두 줄이었다. 당장 병원으로 달려가 선생님께 확답을 듣고 싶었지만 참아야 했다. 병원을 가도 아기집을 볼 수 없다는 걸 무수히 많은 임신 출산 육아 관련 사이트에서 셀 수 없이 봤기 때문이다.

더디게 일주일이 지나고, 이쯤이면 아기집을 볼 수 있을 것 같아 서둘러 병원으로 달려갔다. 하지만 선생님께서는 조금 빨리 온 것 같다며 피검사를 해 보자고 하셨다. 우리는 피검사 후 다음 날 유선으로 알려주신다는 간호사 선생님의 말씀을 듣고 아쉬운 마음으로 돌아왔다.

그토록 오래 기다린 것에 비해 고작 하루였는데 마치 열흘인 것처럼 시간이 너무도 느리게 흘렀다. 그리고 다음 날, 기다리던 전화가 걸려 왔다. 간호사 선생님은 피검사 결과 임신이 아주 유력하다고 하셨다. 하지만 확실한 건 2~3일 뒤 다시 내원해 아기집을 확인해 봐야 한다고 말씀하셨다.

우리는 병원에서 걸려 온 전화가 끊기자마자 서로 부둥켜안고 울었다. 우리에게 축복이 찾아왔음을 느낄 수 있어서였다. 누군가에게는 쉬울지 모르는 일이 우리에게는 너무 간절했기에 정말 기적처럼 느껴졌다. 그래서 감동을 주체할 수 없었다.

며칠 후 아기집을 확인하고는 다시 한번 축복을 보내주신 것에 감사했다. 그 순간부터 신랑과 나는 아기가 태어나기만을 기다렸다. 아이가 뱃속에서 잘 노는지, 혹여 이상은 없는

지를 늘 노심초사하며 더디게 열 달을 보냈다. 그리고 드디어, 기다리던 아기가 태어났다. 너무 소중하고 또 소중한 예쁜 공주였다.

딸은 비교적 순한 편이었는데도 육아는 정말 힘들었다. 정해진 시간에 출근해 지정된 업무를 하면 퇴근할 수 있었던 직장인의 삶이 그리워질 정도였다. 그래도 하루가 다르게 성장하며 나와 눈을 맞추고 내 이야기를 듣고, 나를 엄마라고 부르며 점점 의사소통도 가능해지는 아이를 보고 있으면 알 수 없는 힘이 생겼다. 나름 보람도 느껴지고. 엄마가 내게 말씀하셨던 것처럼 딸은 나에게 있어 기쁨 그 자체였다.

그리고 아이가 어린이집에 다니면서부터 누릴 수 있었던 꿈 같은 자유 시간을 보내며, 결혼 후 세웠던 목표를 잊은 채 아이 엄마의 삶에 또다시 안주했다.

"안주하던 20대가 지나고 결혼 후 새로운 목표가 생겼지만

결국 나는 그 목표를 실현하지 못했다.

그리고 기적처럼 아이가 찾아오며,

아이 엄마의 삶에 또다시 안주했다."

마주한 순간, 비로소 꿈을 꾸었다

3장

마음 한곳에
간직되어 있던,
꿈

안주하는 삶 속에서도 한 번씩 우울함과 무료함이 나를 찾아왔다. 그리고 그 감정은 이루지 못한 꿈에 대한 미련에서 비롯되었단 걸 알게 되었다. 그건 마음 한곳에 간직되어 있던 꿈이 "나 여기 있어."라고 내게 소리치는 것이었다.

"혹시 당신에게도 마음속 간직했던 꿈의 소리가 들리지 않나요?"

복직은 마음처럼
쉽지 않았다

    안주하는 삶 속에서 행복을 느끼다가도 이따금 우울함과 무료함이 나를 찾아왔다. 자유 시간을 즐기며 그 시간을 활용하는 스킬 또한 늘어갔음에도 말이다.

    처음에는 커피믹스 한 잔의 여유가 전부였던 자유 시간은 드라마를 보거나 낮잠을 자는 것으로 확장됐고, 딸아이 친구 엄마들과 분위기 좋은 카페에 가거나 맛집을 찾아다니며 활동 반경 또한 넓어져 갔다. 또 영화를 보거나 도서관에 들러 책을 읽으며 마음의 양식을 쌓았다고 스스로 뿌듯해하기도 했다.

    '그래, 행복이 뭐 별거 있어! 내가 즐거우면 되는 거지.'

소소한 것에 행복을 느끼면서 일상에 안주하며 지내던 어느 날이었다. 전날 딸아이 친구 엄마들과 만나 신나게 수다를 떨어서인지 다소 피곤한 아침이었다. 그래서 그날은 자유 시간의 계획을 집에서 쉬며 드라마를 보는 것으로 정하고는 여느 때처럼 아이를 어린이집에 데려다주고 집으로 들어왔다.

이내 멜로드라마가 나오는 곳으로 채널을 맞추고, 소파와 한 몸이 된 줄도 모른 채 드라마 속 여자 주인공으로 빙의되어 세 편의 드라마를 몰아봤다. 그리고 그 여운은 드라마가 끝난 뒤에도 계속돼 남자 주인공 생각으로 마음마저 몽글몽글한 상태였다.

분명 드라마를 보며 정말 행복했는데 시선이 시계에 머무는 순간, 그 감정은 한순간에 날아가 버리고 말았다.

'뭐야? 벌써 1시라고?'

허무하게 지나버린 시간이 아깝게 느껴지며 허탈해지더니, 기어이 우울함이 몰려왔다.

'휴…'

깊은 한숨을 내쉬고 있는데 카톡이 울렸다. 신랑이었다.

'밥 먹었어? 나는 밥 먹고 다시 일하는 중. 뭐 해?'

그냥 매번 주고받던 일상의 물음이었다. 하지만 나는 선뜻 답을 할 수가 없었다. 신랑은 요즘 잦은 야근과 외근으로 많이 힘들어하면서도 처자식을 먹여 살리려 스트레스를 이겨내며 일하고 있었다. 그런 신랑에게 밥도 거르며 드라마에 빠져 있었다고 말하기가 왠지 모르게 미안했다. 물론 나도 아이가 오면 육아와 티 안 나는 집안일에 매달려야 하는 나름 바쁜 대한민국 주부지만, 혼자만 편한 시간을 누린 것 같아 차마 사실대로 말할 수가 없었다.

그렇다고 해서 자유 시간을 즐기는 내게 신랑이 뭐라고 하는 것도 아니었다. 신랑은 오히려 그동안 육아로 힘들었으니 아이가 어린이집에 있을 때만이라도 마음 편히 쉬라고 말했다. 또 내가 사람들을 만나며 그들과 잘 지내는 것을 기쁘게 생각했다. 신랑을 따라 지역을 이동해 왔기에 타지에서 내가 외롭지는 않을까 늘 걱정했기 때문이다.

'나… 그냥 있지 뭐. 아침 대충 먹어서 이제 점심 먹으려고.'

신랑에게 얼버무린 답을 보내고 나니 한숨은 더욱 깊어지고 우울함은 극에 달아 그 어떤 것도 하고 싶지 않았다. 나는 한동안 소파에 멍하니 앉아 아무것도 하지 않았다. 그리고 한참의 시간이 흐른 뒤, 현실이 자각됐다.

'미쳤나 봐. 조금 있으면 나래 데리러 가야 할 시간이잖아!'

어느덧 아이를 데리러 갈 시간이 다가오고 있었다. 명한 정신을 부여잡으며 기다리고 있던 집안일을 서둘러 끝내고는 아이를 데리러 어린이집으로 향했다. 그렇게 바쁜 주부의 삶이 또다시 시작되며 언제 그랬냐는 듯 우울함은 자연스레 사라졌다.

하지만 주기적으로 찾아오는 우울함과 무료함이라는 감정으로 나는 많이 고민했다. 그리고 고민 끝에 내가 하던 식품 품질 관리 일을 다시 하기로 결심했다.

'그래, 복직하는 거야!'

아직 아이에게 손이 많이 가는 시기이기는 해도 어린이집에서 퇴근 시간까지 아이를 돌봐 준다면 복직이 가능할 것 같았다.

사실 결혼하고 이직을 준비했을 때나 아이를 기다리며 일을 포기했을 때도, 아이가 생겨도 언제든 내가 원하면 복직할 수 있을 거라고 생각했다. 그런데 막상 아이를 키워 보니 혼자서 육아와 일을 병행하는 건 불가능한 일이었다. 그래서 일을 하게 되면 시댁이나 친정의 도움이 필요했다. 그렇지만 나는 그럴 수 있는 상황이 아니었다. 친정엄마는 연로하셔서 아이를 돌볼 여력이 없으셨고, 언니들은 출가해 지역별로 흩어져 아이들을 키우며 자신들의 삶을 살기도 바빴다. 게다가 시부모님은 신랑이 어릴 적부터 자영업을 하고 계셔서 아이를 맡길 수 없었다.

이런 현실을 알고부터는 아이를 키우며 일하는 건 꿈도 못 꿀 일이었다. 그러나 이제는 아이가 어느 정도 크고 봐줄 수 있는 시설이 있으니 일을 하는 것도 가능할 것 같았다. 그래서 내 생각을 신랑에게 말했다.

"나 다시 일하고 싶은데, 당신 생각은 어때?"

"어? 일하고 싶다고? 그럼, 나래는?"

신랑은 깜짝 놀라며 아이를 먼저 걱정했다. 아직은 아이에게 손이 많이 가는 데다 만약 변수라도 생기면 봐줄 사람이 없어서였다.

"어린이집에 다니니까 괜찮지 않을까? 특별한 일이 있을 땐 내가 연차 내면 되고."

신랑은 한참 동안 말을 잇지 못했다. 그러고는 정말 괜찮은 자리가 있으면 그때 고민해 보자고 말했다. 하지만 공백기가 있고 아이도 신경 써야 해서 결혼 전보다는 더 많이 힘들 거라며 다시 한번 생각해 보라는 말을 덧붙였다. 나도 직장 생활을 한 경험이 있어 신랑이 걱정하는 부분을 잘 알고 있었다. 그 생활이 절대 녹록지만은 않다는 것도.

하지만 다시 일하고 싶은 마음이 요동치는 이상 멈추고 싶지 않았다. 그래서 다음날, 아이를 등원시킨 뒤 오랜만에 컴퓨터 책상에 앉아 검색 사이트에 〈잡코리아〉를 검색했다. 이력서를 수정하고 업데이트를 하는 게 먼저였으나 채용 공고가 얼마나 뜨는지, 요즘은 어떤 자격을 요구하는지 확인하고 싶었다. 나는 검색창에 식품 품질 관리를 입력해 채용 공고를 확인했다.

「분야 〉 식품 품질 관리」

취직이 힘든 시대라지만 생각보다 많은 일자리가 올라와 있었다. 그중 괜찮은 조건의 회사들도 꽤 많았다. 한참을 살펴보다, 한 회사를 클릭해 모집 요강을 확인했다.

「신입, 경력직 모집」

'경력이 5년 이상은 있으니까 신입은 아니지. 그렇다고….'

경력이 있기는 해도 공백기가 있어 경력직으로 보기가 참 애매했다. 이미 현업에서 벗어난 지도 오래되었으니 말이다. 그러다 불현듯 의문이 들었다.

'경력만큼이나 긴 공백기가 있는 나를 기업은 써 줄까?'

대답은 '아니오.'였다. 내가 고용주의 입장이라면 같은 나이의 경력자가 한 명은 5년, 한 명은 10년의 경력이 있다면 당연히 현업을 이어온 10년이라는 경력을 가진 사람을 뽑을 것이다. 그렇다고 해서 나이가 많은 신입도 원치 않을 테고.

아이가 어느 정도 크면 일을 할 수 있을 거라 확신했는데 그건 내 착각이었다. 빠르게 흐르는 시간 속에서 어느새 나는 경단녀가 되어 있었기 때문이다.

"복직을 결심하며 구직 사이트에 들어갔다.

그러다 불현듯 의문이 들었다.

'경력만큼이나 긴 공백기가 있는 나를 기업은 써줄까?

의문에 대한 답은 '아니오'였다."

경단녀가 됐단 걸
깨달은 순간

'언니, 우리 어디서 볼까요?'

'새로 생긴 베이커리 카페에 가볼까? 거기 빵이 엄청 맛있대!'

'아, 사거리 카페요? 알겠어요. 그럼, 거기서 만나요.'

아이를 어린이집에 등원시키자마자 동네 언니에게 카톡을 보냈다. 언니와는 딸아이로 인해 알게 된 사이로, 언니의 아이도 딸아이와 같은 어린이집에 다니고 있어 아이를 등·하원 시키며 인사를 나누다 친분을 쌓았다. 그리고 언니를 비롯해 딸아이와 같은 어린이집에 다니는 아이 친구 엄마 둘을 포함해 우리 넷은 금세 친해졌다. 그래서 우리는 아이들을 등원시킨 뒤 카페에 앉아 수다를 떨며 자유 시간을 보내는 날이 많았다.

나는 그 모임에서도 집에서처럼 막내였다. 30대 초반에 딸을 낳아서 그리 빠른 건 아니었지만 결혼이 늦어지는 사회적 추이나 둘째 엄마들이 많아서인지 어린이집에서 만난 아이 친구 엄마들과 나이를 비교하면 나는 어린 편에 속했다. 그리고 친해진 사람들 역시 다들 나보다 나이가 많아 그들 중 난 막내였다.

그날도 새로 생긴 카페의 빵이 맛있다는 정보를 입수하고 언니들과 그곳에 모였다.

"음, 빵 정말 맛있다!"

빵은 소문대로였다. 적당히 달고 고소해서 커피 한 입 먹고 빵 한 조각 먹으면 그야말로 일품이었다. 그래서 한참을 각자 빵에 대한 맛 평가가 한마디씩 이어지고는 평소와 같은 대화를 시작했다.

우리는 아이들의 어린이집 생활, 그곳에서의 이슈, 가정 학습을 비롯한 아이와 관련된 이야기를 주로 나누었다. 또 가족 얘기나 새로 생긴 마트, 맛집 등 지극히 사소한 것들이 대화 소재의 전부였다. 가끔은 아주 시시콜콜하고 유치하기도 했지만, 그들과 함께 있으면 시간이 어떻게 가는지 모를 만큼 정말 즐거웠다.

평소처럼 시시콜콜한 이야기로 웃음이 한동안 이어지다, 한 언니가 행복한 표정을 지으며 말했다.

"아, 이 시간에 커피숍에 앉아 있다니. 새삼 꿈만 같네!"

빵도 맛있고 분위기도 좋은 게 언니에게 행복으로 다가온 모양이었다. 언니는 직장을 그만둔 지 얼마 되지 않은 새내기 전업주부로, 첫째 아이는 초등학교에 다니고 둘째 아이는 딸아이와 같은 어린이집에 다니는 아이 둘의 엄마였다. 그동안 시댁 부모님께 육아 도움을 받으며 일을 하다가 시어머니의 건강이 급격히 나빠져 일을 그만두고 육아에 전념하게 되었다는 이야기를 언니에게서 들었다.

하지만 나는 이따금 언니가 쌓아놓은 경력을 아깝게 생각했다. 마음만 먹으면 복직할 수 있어도 경력이 쌓이는 시간이 줄어든다는 게 아쉽게 느껴져서였다. 조금만 더 고생하면 아이들은 클 테고 그때는 일에 전념하며 언니가 꿈꾸는 삶을 살 수 있을 것 같아 더욱 그랬다. 평소 그렇게 생각해서였는지

한껏 행복을 느끼고 있는 언니에게 속마음이 터져 나왔다.

"근데 언니, 아깝지 않아요? 경력이 계속 쌓이는 건데…."

"나중에야 모르겠지만 지금은 아깝지 않아. 사실 나 너무 힘들어서 쉬고 싶었거든."

언니는 쉼 없이 달려와 너무 힘들었다며 지금이 정말 행복하다고 말했다.

'그럴 수도 있겠네….'

언니가 이해되긴 했지만 그래도 줄어드는 경력이 아까운 건 사실이었다. 그런 내 마음이 표정에서도 나타났는지 다른 언니가 내게 물었다.

"자기는, 일하고 싶어?"

"저는 결혼해서도 일하고 싶기는 했어요. 아이가 좀 더 크면 복직할까도 생각 중이고요. 언니는, 어때요?"

"글쎄…. 나는 이제 경단녀라 쉽지 않을 것 같아."

"경단녀요?"

그때 언니로부터 경단녀라는 단어를 처음 들었다. 결혼 후 육아와 살림으로 인해 경력이 단절된 여성, 경단녀의 의미도.

그때는 '설마 나도?'라고 잠시 생각하기는 했어도 아닐 거라고 믿었다. 마음만 먹으면 나를 써줄 기업은 많다고, 나 하나 써줄 곳 없겠냐며 언니의 말을 부정했다.

　그러나 일하기로 마음먹고 일자리를 찾다 보니 그 말이 어떤 의미였는지 몸소 느낄 수 있었다. 나는 영락없는 경단녀 신세였으니 말이다. 경력직이라기에는 너무 긴 공백기가 있고 신입이라기에는 나이가 너무 많은, 신입과 경력직 그 어디에도 속하지 못하는 '경단녀직'이라는 곳에 서 있다는 걸 깨달았다.

　'휴….'

　단전 밑부터 끓여 올려진 깊은 한숨과 함께 언니가 덧붙였던 말이 스치고 지나갔다.

　'그거 알아? 경단녀는 옷 입는 센스마저 경력이 단절된다더라.'

　매일 집에서 살림과 육아만 하니 사람들 만날 기회가 줄어들어 센스가 한번 단절되고, 회사 생활에 필요한 오피스룩 또한 입을 기회가 없어지니 센스가 두 번 단절된다는 말이었다. 그때는 그저 우스갯소리로 넘겼는데 생각해 보니 사실이었다.

가끔 옷을 살 때면 청바지에 티셔츠 같은 편한 옷을 사는 게 익숙했다. 그것도 가뭄에 콩 나듯 하는 쇼핑이었다. 그래서 모임에 나가거나 결혼식 같은 격식을 갖춰야 하는 곳에 갈 때는 입을 옷이 하나도 없었다. 결국 부랴부랴 옷을 사거나, 어울리지도 않는 언니들 옷을 빌려 입고 가기도 했다. 하지만 나름 신경 쓰고 갔어도 내 패션은 어딘가 유행에 뒤처져 보였다.

애써 남의 떡이 더 커 보여서 그런 거라고, 내 착각일 거라며 마음을 다독였는데 돌이켜 보니 착각이 아니었던 것 같다. 어쩌다 이렇게 됐을까? 흘러버린 시간이 야속하게만 느껴졌다. 그렇지만 이대로 받아들일 수는 없었다. 지레 겁먹고 포기하는 건 내 스타일이 아니었다.

'경단녀도 할 수 있단 걸 보여 주는 거야!'

나는 마음을 다잡고 컴퓨터 책상에 앉았다. 결혼 전 했던 업무를 다시 해 보며, 지금도 충분히 해 낼 수 있다는 걸 확인하고 싶어서였다.

직장인이었을 때 내 주요 업무는 식품 품질 관리 일 중에서도 법규 관련 업무였다. 수시로 바뀌는 법규를 확인해 현장에 적용할 수 있도록 해야 해서 출근 후 내가 가장 먼저 하는 일은 법제처에 들어가 식품위생법의 개정 내용을 확인하는 일이었다.

그래서 공백기 동안 개정된 법규를 확인하려 검색창에 일할 때 늘 적었던 글자를 적고 엔터를 눌렀다.

「법제처 〉 식품위생법」

'내가 몇 년을 했는데!'

당연히 예전처럼 법규를 확인하는 건 쉬울 거라고 자신했다. 하지만 그건 큰 오산이었다. 컴퓨터 화면을 빼곡히 채운 식품 위생 법규를 보고 있자니 처음 입사했을 때의 내 모습이 주마등처럼 스쳐 지나갔기 때문이다.

'이게 뭐야! 하나도 모르겠잖아!'

그래도 마지막 자존심은 지키고 싶었는데 다시 한번 경단녀가 됐음을 뼈저리게 깨닫는 순간이었다.

허탈함에 또르르 눈물이 흐르려던 그때, 어느새 다가온 현실이 내게 말했다.

"오랜만이네! 잘 지냈어?"

"나름대로 옷은 잘 입는다고 생각했는데....

언제든 결심만 하면 복직도 가능하다고 믿었는데....

흘러가는 세월 속에서 나는,

옷 입는 센스마저 단절된 경단녀가 되어 있었다."

꿈을 잊고
지내왔던 날들

또래보다 일찍 현실을 알았다고 생각했는데 세월 속에서
현실은 내가 알던 것보다 더욱 혹독해져 있었다.

'그래, 어쩌겠어. 육아에 집중해야지.'

현실에 굴복한 채 육아에 집중하기로 마음먹은 순간, 오래
된 기억 하나가 스치며 헛웃음이 나왔다.

'허, 대박! 진짜였네!'

예전에 들었던 사주팔자가 생각나서였다.

한창 직장 생활을 하던 20대 후반, 바쁘다는 핑계로 한동
안 못 만나던 친구를 오랜만에 만난 날이었다. 친구와 함께
수다를 떨며 맛있는 점심을 먹고, 못다 한 수다를 마저 떨기

위해 식당을 나와 카페를 찾던 중이었다. 친구가 모퉁이에 있는 건물을 가리키며 말했다.

"우리, 저기 한번 가볼래?"

친구가 가리킨 곳엔 'ㅇㅇ 사주 카페'라고 쓰여 있었다.

"응? 저기? 사주 카페 말하는 거야?"

익숙지 않은 곳이라 친구에게 되물었다. 그러자 친구는 사주도 봐주고 차도 마실 수 있는 곳이라며 요즘 한창 뜨고 있다고 한번 가보자고 했다. 하지만 나는 조금 망설여졌다. 평소 독실한 가톨릭 신자였던 엄마는 사주를 보거나 점을 보는 것을 그리 좋아하지 않으셨다. 그래서 나도 점이나 사주를 본 적이 한 번도 없어서였다.

"그냥 재미로 가볍게 보는 거야. 차도 마실 수 있으니까 들어가 보자. 응?"

내 생각을 읽었는지 그냥 편하게 가보자는 친구의 성화에 못 이겨 사주 카페로 들어갔다. 사주라는 단어가 주는 이미지 때문인지 조금 음산할 거라 생각했던 카페의 분위기는 지극히 평범했다. 굳이 다른 점을 찾자면 조금은 정적인 느낌이 드는 것이었다.

안내받은 자리에 앉아 메뉴를 주문하자, 이내 사장님께서 종이 한 장을 주시며 그곳에 생년월일과 태어난 시를 적어 달라고 하셨다. 나는 얼핏 오전에 태어났다는 것만 알아서 정확한 시를 알기 위해 엄마께 전화를 걸었다.

"엄마, 나 태어난 시가 언제야? 몇 시쯤 태어났어?"

"태어난 시? 막둥아, 갑자기 그건 왜 물어?"

의아해하시는 엄마께 나는 친구와 사주 카페에 왔다고 사실대로 말씀드렸다. 그러자 엄마는 그냥 참고만 하라고, 너무 연연하면 안 된다며 걱정 섞인 목소리로 말씀하시더니 태어난 시를 알려주셨다. 나는 친구가 내게 했던 말을 빌려 간단히 재미로만 보는 거라고 엄마를 안심시키고는 서둘러 전화를 끊었다.

솔직히 나도 한 번도 본 적 없던 사주팔자가 궁금하기는 했다. 그래서 정확한 생년월일과 시를 적어내고 떨리는 마음으로 사장님이 사주를 봐주시기를 기다렸다. 차를 마시며 한창 이야기가 무르익을 무렵, 사장님이 우리 곁으로 오셨다.

"네가 먼저 해."

나는 친구의 귀에 대고 작은 목소리로 말했다. 막상 사주를 들으려니 가슴이 콩닥콩닥 뛰고 긴장돼 시간이 필요했다.

사장님은 노트에 친구의 사주를 풀이하시더니 자세히 설명해 주셨다. 그러자 친구는 눈이 커다래지며 정말 잘 맞는다고 신기해했다. 그리고 그런 친구로 인해 기대감이 커지고 있을 때, 사장님이 내 사주를 종이에 써 내려가기 시작하셨다. 고대했던 탓이었을까? 친구의 사주보다 내 사주가 좀 더 천천히 풀이되는 것 같은 느낌이 들었다. 그렇게 몇 분이 지나고 사장님이 천천히 입을 떼셨다.

"음…. 금의 성질이 강하네."

사장님은 내가 금의 성질이 강하다고 하시며 많은 재능을 타고났다고 말씀하셨다. 금의 성질이라 고집이 세고 융통성이 없어 융통성 있는 행동이 필요하다고도 하셨다. 그러면서 이 말을 덧붙이셨다.

"타고난 재능에 비해 길이 좀 안 열리네. 더 열심히 노력해야겠어!"

그때는 주어진 상황에서 최선을 다하며 목표로 했던 건 모두 이뤘다고 자신했기에 사장님 말씀을 이해할 수가 없었다. 그런데 시간이 흘러 경단녀가 되었다는 걸 알고 나니 사주를 봐주셨던 사장님 말씀처럼 흘러가고 있는 건 아닌가 하는 생각이 들었다.

나는 취직을 하고 연애를 시작하며 일상에 안주했고, 안주하던 삶은 결혼해 육아할 때까지도 이어졌다. 그리고 그 삶 속에서 무언가 이루고자 했던 열정 또한 점차 식어갔다. 현실 속에서 어쩔 수 없이 미루었어도 언젠가 이루겠다고 다짐했던 꿈도 어느새 완벽하게 잊고 있었으니 말이다.

'정말 길이 안 열려서 그러는 걸까? 아니면, 내가 일상에 안주하며 꿈을 잊은 채 그 무엇도 하지 않아서였을까?'
뜻대로 되지 않는 복직으로 인해 불현듯 지난 시절의 추억이 떠올랐다. 그리고 그건 꿈을 잊고 지내왔던 날들을 다시금 떠오르게 했다.

"불현듯 생각난 지난 시절의 추억으로,

꿈을 잊고 지내왔던 날들이 떠올랐다.

미루기는 했어도 언젠가 이루겠다고 다짐했던 꿈은,

어느새 기억 속에서 까맣게 잊혀 있었다."

내가 진짜
하고 싶었던 건

경단녀로 등극하고 사주팔자를 탓하며 나는 결국 전업주부로 남기로 했다. 비록 목표한 바를 이루지 못해 조금 아쉽기는 했어도 전업주부의 삶도 나름 괜찮았다. 아이에게 집중할 수 있고, 내 시간도 적절히 있었으니 말이다.

그리고 내가 경단녀라는 걸 알게 되며 한 가지 깨달은 게 있다. 그건 사회에 대해 너무 모른다는 것이었다. 아이를 키우며 어쩔 수 없이 사회와 단절됐다지만 내가 하는 사회생활은 아이 친구 엄마들을 만나 수다를 떠는 것이 전부였다. 그렇기에 사회가 어떻게 돌아가는지를 전혀 알지 못했다.

그래서 하루에 한 번은 스마트폰으로 인터넷 기사를 검색하며 사회 이슈를 확인했다. 그게 내 생활에 큰 도움과 쓸모를 주지는 않아도 사회 구성원으로서 알 권리를 행사하는 것 같아 나름 뿌듯하게 느껴졌다.

그날도 아이를 유치원에 보내고 들어와 소파에 앉아 여느 때처럼 기사를 검색하며 주요 사건과 사회 이슈를 살펴보던 때였다. 그중 유독 눈에 들어오는 기사가 있었다. 지금 생각하면 그냥 넘겼을 법한 그 기사가 눈에 들어온 건 마음속에 있던 이루지 못한 꿈에 대한 미련 때문이 아니었나 싶기도 하다.

「검정고시 최고령 합격. 할머니, 새내기 되다.」

'연세가 몇이시길래 최고령일까?'

최고령이라는 단어가 먼저 눈에 들어와서인지 할머니 연세가 궁금했다. 늦게나마 새내기가 되신 할머니의 사연도. 그래서 천천히 기사를 읽어 내려갔다.

기사의 주인공은 충북 제천에 사시는 장 씨 할머니로, 할머니 연세는 85세셨다.

'어머! 제천 분이시네!'

나는 학연, 지연, 혈연이 왜 무섭다고 하는지를 그때 알았다. 할머니께서 사시는 제천은 내 고향인 충청북도에 속해 있을 뿐만 아니라, 친정에서 그리 멀지 않은 곳이었다. 그 사실을 알고 나니 할머니가 마치 아는 사람인 양 내 어깨가 올라가며 더욱 자랑스럽고 대단하게 느껴졌기 때문이다.

할머니는 어려운 가정 형편으로 학교에 다니지 못하신 게 못내 아쉬워 중학교 졸업 학력 검정고시를 준비해 합격하셨다고 했다. 또 거기에 그치지 않고 고등학교 졸업 검정고시도 합격해 대학교에 들어가기 위한 준비를 하셨고, 오랜 시간 동안 실패와 도전을 반복한 끝에 최고령의 나이로 대학교에 입학하시며 마침내 할머니의 꿈을 이루셨다고 했다.

'우와! 할머니 정말 대단하시다.'

아직 젊은 나도 책상에 앉아 책이라도 볼라치면 얼마 되지 않아 허리가 아프고 목도 뻣뻣해지는데 할머니는 그 연세에 얼마나 힘드셨을까? 꿈을 이루기 위해 힘들어도 참고 견디셨을 할머니를 생각하니 마음이 뭉클했다. 기사에도 할머니는 만성 관절염으로 공부하는 게 쉽지 않으셨다고 쓰여 있었다. 그래서 더 오래 걸리셨다고.

포기하고 싶은 순간이 정말 많으셨을 텐데 그럼에도 불구하고 할머니는 포기하지 않으셨다. 그리고 당당히 꿈을 이루어 내셨다. 그래서인지 할머니 미소가 더욱 환하게 빛나는 것만 같았다. 코로나19로 인해 마스크를 쓰고 계셨음에도 입학증서를 들고 계신 할머니의 미소는 마스크를 뚫고 나와 세상 모든 것을 얻은 양 정말 행복해 보이셨다.

'우리 엄마도 대학교에 가고 싶었다고 하셨는데….'

물끄러미 할머니의 미소를 보고 있으니 은연중 엄마가 생각났다. 평소 대학교에 대한 미련을 많이 내비치셨기에 엄마도 기사 속 할머니처럼 꿈을 향해 도전하면 좋겠다는 생각이 들었다.

몇 달 전 엄마는 디스크가 신경을 눌러 허리 수술을 받으셨다. 연세도 많으시고 당뇨까지 있어 위험한 수술이었지만 걸을 수가 없어 수술이 불가피했다. 결국, 허리 수술로 평생 손에서 놓지 않으셨던 일을 못 하게 되셨다.

자식들로서는 그만했으면 하는 일을 멈추게 되어 홀가분했다. 하지만 엄마는 일할 수 없게 되자 무기력함 속에서 일상을 보내고 계셨다. 나는 그런 엄마께 의욕을 드리고 싶어 곧장 전화를 걸었다.

"엄마, 뭐 하셔?"

"그냥 있지 뭐. 텔레비전 보고 있었어."

평소와 같은 일상의 대화를 나누다 기사에서 봤던 할머니 사연을 엄마께 말씀드렸다. 그러자 엄마도 할머니가 정말 대단하시다며 감탄을 금치 못하셨다.

"엄마도 공부해 볼 생각 없어? 늘 아쉬워하셨잖아. 슬슬 공부하면 가능하지 않을까? 의욕도 생길 테고."

엄마는 잠시 말을 잇지 못하셨다. 몇 초의 시간이 흐르고 힘없는 엄마 목소리가 다시 들려왔다.

"막둥아, 이제 엄마는 자신 없어. 성경책 조금만 봐도 눈이 시큰거리는데 공부를 어떻게 하겠어."

엄마 말씀이 맞았다. 엄마는 수술로 체력이 약해지시고 더욱이 연세가 들며 시력까지 나빠져 바람이 조금만 불어도 눈물이 난다고 평소에도 말씀하셨다. 엄마 연세에 공부한다는 건 결코 쉬운 일이 아니었다. 그렇기에 85세의 연세로 대학교에 입학하셨다는 할머니 사연이 기사화됐을 것이다. 그런 걸 알기에 엄마께 더 이상 강요할 수 없었다.

"그럼 안 하면 되지 뭐. 지금도 충분히 만족하시죠, 박 여사님?"

서둘러 화제를 전환해 엄마와 이런저런 이야기를 나누다 전화를 끊으려던 찰나였다.

"막둥이는? 막둥이는 해 보고 싶은 거 없어?"

엄마가 내게 물으셨다. 하지만 아무리 생각해도 그 물음에 대한 답은 나오지 않았다. 또래보다 현실을 빨리 알았기에 그때부터 내가 하고 싶었던 건 늘 현실과 타협 후 결정됐다. 그래서 진짜 하고 싶었던 게 무엇이었는지 바로 떠오르지 않았다.

엄마는 하고 싶은 게 있으면 젊을 때 하라고 말씀하시며, 나이 먹으면 겁이 많아져 선뜻 도전하는 게 힘들어진다고 하셨다. 하지만 나는 끝내, 엄마의 물음에 답하지 못하고 통화를 마무리했다. 그리고 전화를 끊고 한참이 지난 후에도 손에서 핸드폰을 놓지 못한 채 생각에 잠겨 아무것도 할 수 없었다.

'진짜, 내가 하고 싶었던 게 뭐였지? 간절히 바라던 내 꿈은 뭐였을까?'

그때 마음속에서 무언가 요동치기 시작했다. 그건, 잊힌 줄 알았던 꿈이 "나 여기 있어."라고 소리치는 것이었다.

"늦은 나이에 꿈을 이루신 할머니의 기사를 볼 때도

나는 잊고 지낸 꿈을 생각하지 못했다.

엄마가 무얼 하고 싶냐고 물으셨을 때도 난 대답할 수 없었다.

하지만 잊고 지낸 꿈을 떠올리자,

마음속 꿈의 소리침이 들리기 시작했다."

꿈이 다가와
내게 말했다

　생각해 보면 그때부터인 것 같다. 내가 꿈의 소리를 들었
던 건. 어렴풋이 들리는 꿈의 소리로 잊힌 줄 알았던 꿈이 생
각나기 시작했다. 하지만 그때는, 꿈의 소리를 외면할 수밖
에 없었다. 꿈을 잊고 지낸 지 너무 오래되어 꿈을 향해 나아
갈 용기도 없는 데다 상황 또한 바쁘게 흘러갔기 때문이다.

　갑작스레 신랑의 이직이 결정되고, 다른 지역으로 이사를
해야 했다. 그래서 아이의 유치원을 비롯해 이것저것 알아봐
야 할 게 많았다. 또 포장 이사를 하긴 해도 내 손이 닿아야
직성이 풀리는 성격 탓에 이사 준비도 해야 했다. 이사를 와
서도 짐을 정리하랴, 코로나19로 인한 거리 두기로 유치원에

가지 못하는 아이와 시간을 보내랴 바쁜 나날의 연속이었다.

몇 달 후, 새 학기가 되었을 때는 다행히 거리 두기가 완화되어 아이의 유치원 등원이 가능해졌다. 그리고 나도 이사 온 곳에서 새로운 인연을 만들 수 있었다. 같은 시간에 등원 버스를 태우다 보니 딸아이와 같은 유치원에 다니는 아이들의 엄마들과 가까워졌고, 나는 그중 한 언니와 급격히 친해졌다. 둘 다 이사를 왔다는 공통점이 있어서 더 빨리 가까워질 수 있었던 것 같다.

언니도 신랑의 이직으로 몇 달 전 이사를 와 아직 적응 중이라며 모든 것이 낯선 내게 친근하게 대해주었다. 그런 언니에게 나는 많이 의지했다. 언니와 나는 아이들을 등원시킨 후 함께 산책도 하고 커피도 마시며 친분을 쌓아갔다. 그날도 여느 때처럼 아이들을 등원 차량에 태우고 차량이 멀어질 때까지 손을 흔들다 돌아서던 때였다.

"나래 엄마, 우리 집 가서 차 한잔할까?"

편하게 집에서 이야기하자는 언니의 말에 우리는 언니네 집으로 가 차를 마시며 담소를 나눴다. 그러다 문득 언니의 일상이 궁금했다. 나나 언니나 이사를 와 지인도 많지 않고, 코로나19가 기승을 부리는 터라 집에 있는 시간이 많았다. 그래서 언니는 집에서 어떻게 시간을 보내는지 궁금했다.

"언니는 집에 있을 때 뭐 하면서 지내요?"

"나는 그냥 웹 소설 읽어. 요즘 재밌는 거 진짜 많거든. 책을 읽기도 하고."

언니는 집에 있을 때 주로 핸드폰으로 웹 소설을 읽는다고 했다.

"자기는 뭐 하면서 지내는데?"

언니도 내게 물었지만 나는 딱히 취미라 할 게 없어 솔직하게 말했다.

"음…. 취미가 없어서. 집안일밖에 하는 게 없네요."

"그럼, 자기도 웹 소설 한번 읽어볼래?"

"웹 소설이요?"

"응, 요즘 내가 보는 작가님 소설 진짜 재미있거든. 어쩜 그렇게 재능이 뛰어나신지, 볼 때마다 감탄 중이라니까!"

웹 소설을 쓰신 작가님을 칭찬하며 신이 난 표정으로 말하는 언니를 보니, 웹 소설에 대한 궁금증이 더 커졌다. 그래서 서둘러 핸드폰으로 언니가 알려준 사이트에 들어가 제목을 입력하던 그때였다. 나도 모르게 언니에게 이렇게 말했다.

"저도 글 쓰는 거 좋아했는데. 뭐, 예전이기는 하지만요."

너무 오래전의 일이라 정말 생각 없이 나온 말이었다. 그런데 언니는 내 말에 반색하더니 좋아하는 걸 해 보라며, 글쓰기에 도전해 보라고 말했다. 요즘은 글 쓰는 플랫폼이 많으니 그런 곳부터 시작하면 좋겠다는 이야기도 해 주었다.

언니의 말에 조금 동요된 건 사실이었다. 이사를 오기 전에 잊고 지낸 꿈이 생각나기도 했었고. 하지만 선뜻 도전해 보겠다고 말할 수는 없었다. 글을 안 쓴 지도 오래된 데다 작가가 되기 위해 정식 절차를 밟고 밤낮으로 글을 쓰는 사람들 사이에서 행여 내 글이 우스워질까 두려웠기 때문이다. 그건, 엄마로 인해 꿈이 생각났을 때도 마찬가지였다. 그저 바빴다는 핑계로 외면했을 뿐이었다.

"나중에요. 기회가 되면요."

차마 마음을 내색하지 못한 채 서둘러 화제를 전환했다.

그리고 한동안 이야기를 나누다 나는 다시 집으로 돌아왔다. 미뤄놨던 집안일을 하고, 하원 한 아이 뒤치다꺼리를 하다 보니 어느새 하루를 마무리할 시간이 되어 침대에 누워 잠을 청하려 했다. 그런데 불현듯 낮에 동네 언니와 나눴던 대화가 생각났다.

'갑자기 그 얘기가 왜 나왔을까?'

언니에게 아무렇지 않게 글쓰기를 좋아했다고 말한 게 너무 의아해 쉬이 잠이 오지 않았다. 그렇게 한참을 뒤척이다 깨달았다. 꿈이 생각난 순간부터 내가 꿈을 꾸던 그때를 그리워하고 있다는 것을.

그렇지만 잊고 지내던 꿈을 향해 나아갈 용기가 여전히 나지 않았다. 그래서 그저 미련으로 남겨두고 평범한 일상을 보내왔다. 이따금 우울하거나 무료한 감정이 찾아오기는 했어도 일상에서 소소한 행복을 느끼며 잘 지내고 있었다. 아니, 그러려고 노력했다.

그런데 어느 날, 갑작스레 찾아온 현타로 나는 알았다. 내가 꿈에 대한 미련을 놓으려고 해도 놓을 수가 없었다는 것을, 이루지 못한 꿈을 향해 나아가고 싶다는 것을 말이다.

거울 속 한없이 초라해 보이는 나에게 물었다.

"너는 무얼 하고 싶니? 너의 꿈은 뭐니?"

그러자, 거울 속 나는 망설임 없이 말했다.

"나는 글을 쓰고 싶어. 사람들한테 감동을 줄 수 있는 그런 글 말이야."

그 순간, 꿈이 다가와 내게 말했다.

"기다렸어, 다시 날 기억해 줄 때까지."

"불현듯 찾아온 현타로 나는 알았다.

내가 미뤄두었던 작가의 꿈을 다시 꾸고 싶어 한다는 것을.

그리고 그걸 알았을 때, 꿈이 내게 다가왔다.

그렇게 비로소 꿈과 다시 마주했다."

언제나
내 곁에 있었던, 꿈

"지금까지 날 기다린 거야?"

"응, 난 언제나 네 곁에 있었거든. 네가 처음 꿈꾸던 순간 부터 말이야."

꿈은 언제나 내 곁에 있었다고 말했다. 돌아보니 정말 그 랬다. 꿈은 늘 내 곁에서 자신을 봐달라고 소리쳤지만 나는 그 소리를 듣지 못했다. 아니, 들었으면서도 현실을 핑계로 외면했다.

"미안해, 너무 늦게 아는 체해서…."

오랜만에 꿈과 마주하니 너무 반가웠다. 그래서 나도 모르 게 꿈의 손을 덥석 잡았다. 그때, 꿈이 말했다.

"나랑 함께 갈 거지?"

하지만 나는 대답하지 못했다. 인생에 있어 계획처럼 되지 않는다는 걸 몸소 경험한 데다, 열정만으로 모든 일이 가능하지 않다는 걸 알기에 결코 쉬운 결심이 아니어서였다. 망설이던 내게 또다시 꿈이 말했다.

"용기가 안 나서 그래?"

"응, 내가 너를 너무 오랫동안 잊고 있었잖아. 내가 잘 해낼 수 있을까?"

"그럼, 분명 넌 잘할 수 있을 거야. 난 널 믿거든."

꿈이 말하는 순간, 늦은 나이에 꿈을 이루시고 환하게 웃으시던 85세 할머니의 모습이 떠올랐다. 더 늦기 전에 하고 싶은 걸 해 보라고 하시던 엄마 말씀과 함께.

'꿈을 잡지 않으면 많이 후회하겠지?'

꿈과 어렵게 마주했는데 해 보지도 않고 꿈을 떠나보낸다면 후회할 게 분명했다. 그래서 늘 마음속에 자리하며 미련으로 남았던 작가라는 꿈을 향해 나아가기로 마음먹었다.

나는 어릴 때부터 글 쓰는 게 참 좋았다. 새하얀 종이가 글로 채워질 때면 너무 설레고 행복했다. 또 글을 쓰고 있을 때는 잡생각이 들지 않아 마음이 편안해져 좋았고, 말할 수 없는 속마음을 글로 표현하며 위로받을 수 있어 좋았다. 그리고 내가 위로받듯 내 글로 다른 사람들도 위로받으며 행복해지길 바랐다. 그래서 나는 작가가 되고 싶었다.

그런데 어렵게 꿈과 마주했음에도 그 꿈을 이루기 위해 무엇을 먼저 해야 할지, 어떻게 해야 할지가 막막하기만 했다. 아쉽게도 내 주변에는 작가님도, 문학을 전공하신 분도 없어서 조언을 구할 데가 없어 더 그랬다. 내가 할 수 있는 건 책상에 앉아 고민하는 것뿐이었다.

'작가가 되려면 어떻게 해야 할까? 좋은 글을 쓰려면 어떤 걸 먼저 해야 할까?'

하지만 아무리 생각해도 답을 찾을 수는 없었다. 그러다 이렇게 시간을 보내느니 글을 써보는 게 좋겠다는 생각이 들었다. 마음이 어지럽기도 했고, 쓰다 보면 무언가 방향이 나올 것 같아서였다.

그래서 무작정 책장에 꽂힌 공책을 가져와 이것저것 생각나는 대로 적어 내려갔다. 장르와 주제도 정하지 않고 정말 막무가내로 써나갔다. 그래도 새하얀 종이가 내 글로 채워지는 걸 보고 있으니 글을 쓰며 느꼈던 설레고 행복한 감정이 오랜만에 찾아왔다.

그렇게 시간 가는지 모르고 글을 쓴 뒤 처음부터 읽어 내려갔다. 글을 수정하기 위한, 퇴고의 목적이었다. 하지만 글을 읽고 있자니 코웃음이 나오고 오글거려 도저히 끝까지 읽을 수가 없었다.

'풋, 나래가 써도 이거보다 잘 쓰겠네.'

내 글은 습작 그 자체였다. 글을 쓸 때는 행복하고 설레고 뿌듯했는데 이대로라면 꿈을 위한 도전이 아닌 그저 시간 낭비임이 분명했다. 글을 쓰기 위해 배움이 절실하다는 걸 머리는 이미 알고 있는 듯했다. 무언가 쓰다 보면 방향이 나올 거라는 생각은 맞았지만 그렇게 도출된 답으로 고민은 더욱 깊어졌다.

'배우려면… 수강료가 필요하잖아. 휴….'

늘 꿈과 함께 따라다니며 나를 괴롭히던 현실은 꿈과 마주해 나아가려는 순간에도 불쑥 튀어나와 내 발목을 잡고 있었다.

"나는 어렵게 마주한 꿈의 손을 잡기로 했다.

어릴 적부터 꿈꿔왔던 꿈을 향해 나아가기로 마음먹었다.

하지만 꿈과 함께 나아가려는 순간에도

늘 따라다니던 현실은 눈치 없이 튀어나와 나를 괴롭혔다."

4장

평범한 아줌마의 삶,
특별해지다!

비로소 꿈과 마주한 아줌마는 다시 꿈을 꾸며 그녀의 평범한 삶을 특별함으로 채워가고 있다. 물론 꿈과 마주하기까지 고비도 있었지만 결국 그녀는 포기하지 않았다. 그리고 꿈과 함께 훨훨 날아오를 날을 기다리며 그녀의 여정을 이어가고 있다.

"당신도 꿈과 함께 할 특별한 순간을 꿈꾸고 있지는 않나요?"

꿈이 주는
설렘과 행복

　현실을 알고부터 나는, 돈과 꿈을 견줄 수밖에 없었다. 그래서인지 성인이 되며 분명 생활이 나아졌음에도 불구하고 어떤 것을 할 때면 비용을 먼저 계산하는 일이 많았다.

　더욱이 자본주의가 팽배하는 삶을 살아내면서 그 버릇은 심해졌고, 특히 나와 관련된 일들에 있어서는 더욱 인색하게 굴었다. 그저 글쓰기 공부가 필요하다고 생각했을 때도 배움을 위한 비용을 먼저 생각하고 있었으니 말이다.

　'글쓰기 강의를 들으려면 최소 얼마가 들어갈까?'
　꿈을 좇는 데에도 돈이 들어간다는 게 조금은 한탄스러웠다.
　'휴…. 뭐 하나 쉬운 게 없네.'

나는 현실 앞에서 혼자 고민만 하다 답답한 마음을 신랑에게 털어놓았다.

"여보, 나 글 쓰는 걸 좀 체계적으로 배워보고 싶어. 근데 말이야…."

"그래? 그러면 배우면 되지. 학원비 때문에 그러는구나?"

신랑도 평소 내가 나에게 인색하다는 걸 잘 알고 있어서 무엇을 답답해하는지 이미 눈치채고 있었다. 내가 살며시 고개를 끄덕이자, 신랑이 내 손을 잡으며 말했다.

"꿈을 꿀 수 있다는 게 얼마나 행복한 일인데…. 꿈은 돈으로 살 수 없다는 거 당신도 알잖아. 무언가 그토록 원하고, 하고 싶은 게 있는 당신이 난 정말 부러워. 그리고 알지? 나는 뭐든 시작할 때 배움을 제일 중요하게 생각하는 거. 꿈을 위해 충분히 투자할 수 있다고 생각해. 그 정도는 당신 위해서 쓸 수 있잖아."

'그래, 맞아. 얼마나 어렵게 마주한 꿈인데. 내가 또….'

신랑의 말에 정신이 번쩍 드는 것 같았다. 나는 그동안 해왔던 것처럼 현실이라는 핑계를 대며 또다시 꿈을 외면하려

하고 있었다. 그 꿈이 얼마나 소중한 줄도 모르고.

그날 이후, 글 쓰는 방법을 배우기 위해 근처에 있는 학원을 알아보기 시작했다. 하지만 아이들을 위한 논술 학원만 있을 뿐 글쓰기 수업을 체계적으로 진행하는 곳을 찾는 건 쉬운 일이 아니었다. 더욱이 아이가 많이 크긴 했어도 아직 엄마의 손길이 필요했기에 시간과 장소라는 두 가지 요소를 충족시킬 만한 곳을 찾는 건 여간 어려운 일이 아니었다.

그래서 인터넷 강의를 알아보던 중 글쓰기 수업과 관련된 유튜브 콘텐츠를 보게 되었다. 평소 유튜브를 보지 않았던 나는, 유튜브는 아이들을 위한 것이거나 어른들을 위한 콘텐츠는 재미나 웃음을 유발하는 내용들만 있다고 생각했었다. 그런데 생각과는 달리, 유튜브에는 글쓰기 수업과 관련된 콘텐츠를 비롯해 무언가를 배울 수 있는 콘텐츠가 아주 많았다.

나는 글쓰기와 관련된 많은 유튜브를 보며 글 쓰는 방법을 차근차근 배워갔다. 늘 마음속에 문학을 전공하지 못한 것이 아쉬움으로 남았었는데 작가님들의 강의를 들으며 그 마음은 잠시 내려놓을 수 있었다. 그리고 글 쓰는 방법을 기술해 놓은 책을 구매해 읽기도 했다. 작가님들은 어떤 소재로 어떻게 글을 쓰셨는지 나름 분석하며 책도 많이 읽었다. 그렇게 여러 가지 방법으로 글 쓰는 법을 익혀갔다.

배움에는 끝이 없기에 아직 배워야 할 게 많았다. 하지만 공부와 쓰기를 병행하려 다시 책상에 앉아 글을 써 내려갔다. 어느 작가님께서 글은 쓸수록 는다는 말을 해주셨기 때문이다. 나는 먼저 글의 장르를 정하고, 소재와 주제를 정한 뒤 생각해 놨던 틀대로 글을 썼다.

내가 처음 도전한 장르는 웹 소설이었다. 꿈을 찾을 수 있게 도움을 준 동네 언니가 좋아하는 장르이기도 했고, 작가의 꿈을 가졌던 어린 시절에 품었던 소설가의 꿈과 가장 가까운 장르라 생각돼서 웹 소설을 써보고 싶었다.

비록 인터넷으로 배우기는 했어도 나름대로 글 쓰는 걸 공부한 데다 소재와 주제가 명확해서인지 글은 매끄럽게 잘 써졌다. 이제는 글이라는 단어를 붙여도 무방할 것 같았다. 물론 나의 첫 글이라는 뿌듯함에서 객관성은 아예 배제됐겠지만.

그렇게 몇 달에 걸쳐 웹 소설을 완성해 갈 무렵, 쓴 글을 노출하는 것도 글쓰기 능력을 키우는 방법이라고 하셨던 또 다른 작가님의 말씀이 생각나 웹 소설을 공모전에 내기로 결심했다. 그리고 수없이 많은 퇴고 과정을 거쳐 마침내 생애 첫 작품을 공모전에 제출했다.

공모전 결과를 기다리며, 쟁쟁한 경쟁 속에서 작가 지망생의 호기로움으로 살짝 기대했던 건 사실이다. 하지만 결과는 낙선이었다. 그래도 계속해서 글을 썼다. 글을 쓸수록 설렘과 행복이 점점 커져서 꿈을 잊고 지낸 날들이 너무 아쉽게 느껴져서였다. 그래서 더욱 최선을 다해 글을 쓰고 싶었다.

"불쑥 튀어나온 현실로 꿈을 향한 결심이 잠시 흔들렸다.

하지만 나는 꿈의 소중함을 깨닫고, 다시 꿈을 향해 나아가고 있다.

그리고 꿈을 꾸며 꿈이 주는 설렘과 행복을 몸소 느끼고 있다."

꽃길만
걸을 줄 알았는데

한동안 웹 소설을 쓰며 행복과 설렘은 더해졌다. 그리고 꿈을 향해 나아가고 있다는 것이 정말 벅차고 뿌듯했다. 그렇게 많은 감정을 느끼며 꾸준히 글을 쓰다 보니, 다른 장르의 글에도 관심이 생기기 시작했다. 하지만 선뜻 도전하지 못하고 웹 소설에만 전념하던 어느 날이었다. 글을 쓰고 있는데 딸이 다가와 내게 물었다.

"엄마, 엄마는 왜 동화는 안 써?"

내심 자신을 위한 글을 써 주었으면 하는 딸이었다. 다른 장르에도 관심이 생기고 있고, 아이에게 동화책을 읽어줄 때면 나도 딸을 위한 동화를 써보고 싶다는 생각을 종종 했기에 딸아이의 말에 동화를 쓰고 싶다는 마음이 더욱 커졌다.

그래서 나는 딸과 아이들을 위해 동화를 쓰기로 했다. 내가 작가의 길을 가고 싶었던 이유는 다른 사람들에게 감동을 전하고 싶어서였다. 그런데 그 대상이 너무도 사랑스러운 아이들이 된다면 정말 좋을 것 같았다. 또 내 글이 아이들에게 감동을 전할 수 있다면 더할 나위 없이 행복할 것 같았다.

하지만 동화는 웹 소설과는 달라서 쓰는 방법을 배워야 했다. 그래도 웹 소설을 쓰기 전에 공부했던 내용들과 글쓰기를 위해 필요한 상식이 조금은 생긴 덕에 동화를 쓰기 위해 어떻게 공부할지를 정하는 건 비교적 수월했다.

나는 우선 책을 통해 공부하기로 하고는 동화 쓰는 법에 대해 자세히 저술해 놓은 동화 작가님의 책을 구매해 몇 번이고 정독했다. 그리고 웹 소설을 쓸 때와 마찬가지로 도서관에 들러 단편, 중편, 장편의 동화책을 많이 읽었다. 그렇게 동화를 많이 접할수록 아이들의 마음을 이해하며, 아이들의 시선에서 쓰인 동화책에 매료되어 동화를 쓰고 싶다는 생각이 점점 더 커졌다.

그리고 오랜 준비 끝에, 천천히 원고지 30매 이내의 동화를 써 내려갔다. 신춘문예나 공모전에 내기 위함이었다. 다행히 처음 쓰는 동화였음에도 술술 써졌고, 이야기의 흐름 또한 만족스러웠다. 하지만 신춘문예나 공모전 당선은 여간 어려운 일이 아니었다. 그래도 어린 시절로 돌아가 아이들의 마음으로 글을 쓰고 있으니 마음이 정화되고 순수해지는 것 같아 좋았다.

나는 꾸준히 동화 쓰는 법을 공부하고 글을 쓰기도 하며 꿈을 키워갔다. 그러다 보니 어느새 중편 동화와 장편 동화까지 수월히 쓸 수 있었다. 그렇게 컴퓨터에는 여러 편의 동화가 쌓이게 되었다. 그래서 나는 그중 제일 자신 있는 동화 한 편을 출판사에 투고하기로 결심했다. 이 또한 글을 노출하면 글 쓰는 능력이 향상될 거라 믿었기 때문이다. 더욱이 내 글이 책으로 나와야 비로소 아이들에게 감동을 줄 수 있으니 말이다.

그런데 한참이 지난 후에 메일로 온 답은 정중한 거절이었다. 어떤 곳은 아예 답 메일조차 주지 않는 곳도 있었다. 그래도 계속해서 글을 쓰고, 수많은 퇴고의 과정을 거쳐 공모전에 응모했다. 또 출판사에 투고하기도 했다. 그러나 내 글이 세상에 나오는 건, 그 글로 아이들에게 감동을 주는 건 쉬운 일이 아니었다. 그리고 계속되는 낙선과 출판사의 거절로 자신감은 저 밑바닥까지 떨어지고 말았다.

'아…. 그냥 그만할까?'

글을 쓰며 얻는 설렘과 행복의 이면에서 포기하고 싶은 마음이 스멀스멀 올라오기도 했다. 그리고 그럴 때면 현실이 또다시 다가와 내게 말했다.

"포기해! 꿈이라는 놈 말이야, 그리 호락호락한 애가 아니야. 그냥 즐기면서 살아."

"꿈을 꾸며 좋은 감정만 느낄 줄 알았다.

꿈에 날개가 달려 훨훨 날 수 있을 거라고 생각했다.

하지만 꿈에 날개가 달리고 하늘을 날기 위해서는

감내해야 할 순간들이 나를 기다리고 있었다."

다시 꿈을
꿀 수 있을까?

꿈을 포기하고 싶을 때마다 현실이 다가와 유혹했지만 늘 곁에서 날 기다려주었던 꿈을 쉽게 포기할 수는 없었다. 더욱이 꿈과 마주했을 때, 어렵게 내린 결심이었기에 꿈의 손을 놓을 수가 없었다. 그리고 포기할 수 없었던 또 다른 이유는 꿈을 꾸는 내게 응원을 보내는 가족들이 있어서였다. 그중 낙선과 투고 실패로 힘들어할 때면 넷째 언니는 이렇게 말해주었다.

"망냉아, 너 글 잘 써. 자신감 좀 가져!"
물론 가족의 힘이 위대하기에 막냇동생의 글이, 꿈을 꾸는 내가 대단해 보였을지도 모른다. 하지만 진심 어린 언니의 말은 내게 큰 힘이 되었다. 그리고 신랑 역시 이렇게 말해주었다.

"당신 너무 멋져. 그 시기가 조금 늦어질 뿐이야. 언젠가 꿈을 이룰 수 있을 거야!"

늘 옆에서 나를 믿어주며, 의지할 수 있게 해주는 신랑으로 인해 난 계속 꿈꿀 수 있었다.

나는 동화를 더 잘 쓰고 싶어 전문 작가님의 수업을 듣고 싶었다. 그래서 숨은 고수만 모신다는 인터넷 사이트에 접속해 동화 작가님을 찾았다. 하지만 그곳에서 동화 작가님과 연을 맺는 건 쉬운 일이 아니었다.

그러던 중, 에세이 작가님과 인연이 닿았다. 비록 동화는 아니었어도 에세이를 쓰다 보면 자연스레 글 쓰는 실력도 향상될 것 같아 작가님의 수업을 듣기로 했다. 또 수필 쓰는 걸 좋아했던 학창 시절을 생각하며 에세이라는 장르의 글을 자세히 배워보고 싶었다.

작가님의 피드백을 받으며 에세이를 쓰면서, 그 과정에서 에세이라는 글의 매력을 느낄 수 있었다. 그리고 마지막 수업 날, 작가님은 작가 지원 플랫폼에 지원해 그곳에 글을 쓰며 작가를 시작하는 방법도 있다는 말씀을 해주셨다. 그래서 완성한 에세이를 작가 지원 플랫폼에 제출했다. 하지만 아쉽게도 내 글은 선정되지 않았다.

현실은 자꾸만 포기하라고 속삭여도 나는 그럴 수 없었다. 그런데 굳건할 것 같던 내 마음이, 어떤 일이 있어도 꿈을 포기하지 않겠다고 했던 다짐이 흔들리는 사건이 발생하고 말았다.

봄이 시작되기 전 겨울의 끝자락에서, 떠나가는 겨울이 주는 마지막 선물처럼 눈이 내린 어느 날이었다. 밤새 내린 눈으로 온 세상은 하얗게 덮여 아름답게 반짝였다. 하지만 흰 눈을 보며 감상에 젖을 시간은 내게 주어지지 않았다.

'일어나면 연락 좀 줘.'

잘 도착했다는 연락 대신 신랑에게서 온 카톡은 평소와 느낌이 너무 달랐다. 무언가 심상치 않은 일이 생겼다는 걸 몇 자 안 되는 글씨로도 짐작할 수 있었다. 서둘러 신랑에게 전화를 걸었다.

"왜 그래? 무슨 일 있지?"

"놀라지 말고 들어. 차가 미끄러져서 사고가 났어. 나 지금 응급실이야. 근데, 괜찮으니까 진짜 걱정하지 마."

걱정하지 말라는 신랑의 말과는 달리 힘없이 추욱 처진 목소리에서 떨림이 느껴졌고, 그 사이를 비집고 들어오는 주위의 잡음에서 긴장감과 긴박함이 고스란히 전달되고 있었다. 나는 결코 작은 접촉 사고가 아니라는 걸 짐작했다. 그래서 당장 응급실로 달려가 신랑의 상태를 확인하고 싶었다. 하지만 차 편도 없는 데다 방학이라 집에 있는 아이를 두고 갈 수가 없어 그저 마음만 답답할 따름이었다. 답답함에 한숨만 내쉬던 그때, 신랑이 했던 말이 떠올랐다.

"오늘 누구 픽업한다고 하지 않았어?"

"…응, 응급수술 들어간대. 대학 병원에서 헬기 보내준다고 해서 기다리는 중이야."

평소 혼자 출퇴근하던 신랑은 그날따라 동승자가 있었고, 동승자는 복부 출혈과 허리뼈가 부러져 응급수술이 필요해 헬기로 이송할 만큼 촌각을 다투는 위험한 상황이라고 말했다.

'왜 하필 눈이 와서…. 왜 하필….'

갑작스레 벌어진 상황에서 내가 할 수 있는 건 눈물을 흘리며 푸념을 늘어놓는 것뿐이었다. 더 이상 심각한 상황이 되지 않기를 바라는 기도와 함께.

다행히 동승자는 수술이 잘 되어 재활 치료를 받으며 점차 회복해 나갔다. 그리고 신랑도 침 치료와 물리치료를 병행하며 차츰 괜찮아지고 있었다. 나는 신랑과 동승자 둘 다 무사하고 점차 나아지고 있음에 감사하며 일상을 찾아갔다.

하지만 마음의 안정을 찾기도 전에 또 다른 변수가 찾아와 나를 괴롭혔다. 나는 어릴 적부터 그리 건강한 체질은 아니었다. 그래도 골골이 30년이라는 말처럼 잔병치레만 있을 뿐 건강에 있어 그냥 무난히 넘어갈 거라 자신했다. 그런데 그 마음을 비웃기라도 하듯 내 건강에 빨간불이 들어와 수술이 불가피했다.

솔직히 수술보다 더 힘들었던 건 병명이 주는 압박감이었다. 괜찮다고, 잘 될 거라고 나를 다독이며 수술 날짜를 기다리다가도 한 번씩 울컥울컥 올라오는 눈물을 주체할 수가 없었다.

시간은 어찌어찌 흘러가 나는 수술을 잘 마쳤다. 다행히 회복도 빨랐다. 물론 장기간 약을 먹어야 하고 추적 관찰이 필요하기는 했지만. 그래도 경과가 좋다는 것에 감사함을 느끼며 마음의 안정을 찾아갔다. 또 소소한 것에 행복을 느끼며 삶의 의미를 부여했다.

그러나 기운을 내고 일어나려 할수록 자꾸만 크고 작은 변수가 생겨나 약해져 있는 내 마음을 사정없이 짓누르며 괴롭혔다. 인생은 계획대로 되지 않으며 변수는 늘 발생하기에 그저 받아들이고 살았다. 하지만 휘몰아치는 변수로 마음이 너무 불안하고 힘들었다.

'인생, 참 부질없구나….'

한 치 앞도 모르는 인생 앞에서 모든 것이 의미 없고 부질없이 느껴졌다. 아무것도 하고 싶지 않고 손에 잡히지 않았다. 꿈을 좇는 것마저도. 결국 나는, 현실이 수없이 속삭일 때도 포기하지 않았던 꿈을 다시 외면해 버리고 말았다. 너무나도 어렵게 만난 나의 소중한 꿈을.

'이젠 너와 다시 만날 수는 없겠지…?'

"어렵게 마주한 꿈을 절대 포기하지 않으려고 했는데….

부질없이 느껴지는 인생 앞에서,

나는 꿈의 손을 놓고야 말았다.

내 마음속 한곳에서 그렇게 울고 있는 줄도 모르고"

꿈이 보낸
메시지였다고

나는 매일 거의 똑같은 일상을 보내며 꿈을 외면한 채 수술로 약해져 있는 몸을 돌봤다. 그리고 짓눌려 상처받은 마음을 치유하기 위해 노력했다. 그런데 시간이 갈수록 마음속 한곳에서 허전함이 느껴지는 날이 많았다.

수술한 뒤로는 컨디션이 돌아오지 않아 쉽게 피로했고, 그 피로도 쉬이 풀리지 않아 아이가 등교한 후에는 침대에 누워 체력을 보충하고서야 집안일을 시작할 수 있었다. 그날도 아이를 학교에 보낸 뒤, 똑같은 일상의 시작처럼 침대에 몸을 누이며 핸드폰을 옆에 두고 눈을 감았다. 그렇게 몇 분의 시간이 흘렀을 때였다. 정적 속, 핸드폰 알림이 울렸다.

'어? 뭐지…?'

카톡이나 문자가 왔을 때의 알림음이 아니어서 의아한 마음으로 핸드폰을 다시 집어 들었다. 알림은 일전에 내가 작가로 활동하기 위해 지원했었던 작가 지원 플랫폼에서 온 것이었다.

'뭐야? 갑자기? 여태 한 번도 안 오더니….'

그곳에 지원한 지 반년이 다 되어 가도록 알림이 온 적은 없었다. 그곳에서 알림이 온 건 작가로 지원했을 때, 아쉽지만 내 글이 선정되지 않았다는 결과를 알려 준 알림이 마지막이었다. 나는 알림의 내용을 확인하려 서둘러 버튼을 누르고 플랫폼으로 들어갔다.

'프로젝트에서 수상한 작가님들을 소개합니다.'

플랫폼에서 매년 추진하는 출판 프로젝트에서 수상한 작가님들과 책을 소개하고 있었다.

'치…. 뽑아주지도 않으면서 나한테 왜 이런 걸 보내?'

갑자기 심술이 튀어나오려 했지만 이내 심술은 궁금증으로 바뀌었다. 어떤 내용의 글이 선정되었는지, 수상한 작가님들은 어떻게 이야기를 전개해 나가셨는지 확인하고 싶어서였다. 그래서 수상하신 작가님들의 글을 천천히 읽어 내려갔다. 또 그곳에서 글을 쓰고 계시는 다른 작가님들의 글도 읽었다. 그러다 보니 수상의 영애를 떠나 글을 쓰시는 작가님들이 너무 부러웠다.

'나도 작가가 되고 싶었는데….'

하지만 이미 꿈을 떠나보냈기에 그저 지난 일에 대한 후회라고 생각했다. 그리고 다시 핸드폰을 내려놓았다. 계속 글을 읽고 있으면 부러운 마음이 너무 커질 것 같았기 때문이다. 그런데 갑자기 마음이 너무 복잡하고 머리가 어지러웠다. 그래서 잠을 자며 그 감정을 떨쳐내려고 했지만, 쉬이 잠이 오지 않았다. 나는 다시 일어나 침대의 끝자락에서 한참을 멍하니 앉아 있었다. 그러다 현실이 자각됐다.

'휴…. 나 왜 이래? 세수하고 정신 좀 차리자.'

간신히 정신을 부여잡고 화장실로 향했다. 그런데 화장실 앞에 있는 거울에 비친 내 모습이 어김없이 눈에 들어왔다.

거울 속 나는 왠지 너무 슬퍼 보였다. 그래서 나를 멍하니 바라보고 있을 때였다. 거울이 내게 말했다.

"아줌마, 왜 그렇게 멍하니 서 있는 거야? 무슨 일 있어? 너무 슬퍼 보여. 마치 세상을 잃은 것처럼 말이야."

"모르겠어. 내가 왜 이러는지…. 플랫폼에 괜히 들어갔나 봐. 그냥 보지 말 걸. 잠이나 잘 걸 그랬어."

그제야 나는 그 슬픔의 의미를 알았다. 내가 꿈을 그리워하고 있다는 것을, 꿈을 다시 좇고 싶어 한다는 것을 말이다.

그때였다. 어디선가 아주 작은 목소리가 들려왔다. 귀 기울이지 않았으면 들리지 않았을 정도로 정말 작은 목소리였다.

"그러니까… 제발 나를 포기하지 말아 줘."

꿈이었다. 분명 꿈의 목소리였다. 그리고 잠시 후 꿈이 모습을 드러냈다. 오랜만에 마주한 꿈은 자신을 포기해 버린 나로 인해 많이 힘들어 보였다.

"지금껏 내 옆에 있었던 거야?"

"당연하지, 말했잖아. 난 늘 네 곁에 있다고. 네가 날 다시 봐주기를 기다리고 있었어."

꿈은 내게 손을 내밀었다. 꿈과 다시 마주하니 더없이 감격스러웠다. 하지만 두려움이 몰려와 꿈의 손을 선뜻 잡을 수는 없었다.

"사실 나… 너무 지치고 힘들어서 마음의 여유가 없었어. 또다시 힘든 상황이 오면 그때도 널 포기할지 몰라. 그런데도 내가 너의 손을 잡아도 될까?"

그러자, 꿈은 한없이 온화한 미소를 띠며 내게 말했다.

"괜찮아, 네가 날 포기해도 난 늘 네 곁에 있을 거니까. 그러다 보면 네가 다시 나를 바라봐 줄 거잖아. 그렇지?"

꿈의 미소를 보니 어느새 두려움은 사라지고 꿈을 꼭 이루고 싶다는 생각이 간절해졌다.

"응! 네가 늘 내 곁에 있다는 걸 이젠 아니까. 믿고 기다려 줘서 고마워. 절대, 널 포기하지 않을게. 힘든 순간이 온다 해도 말이야."

그렇게 나는 플랫폼에서 온 메시지로, 다시 꿈을 마주하고 비로소 꿈을 꾸었다. 그리고 새로운 글을 써서 작가 지원 플랫폼에 지원해 합격이라는 결과를 얻었다. 비록 책으로 출판되어 나오는 건 아니었지만 내 글이 노출되고 그 글로써 누군가에게 감동을 줄 수 있다고 생각하니 기쁨을 이루 말할 수 없었다. 또 꿈을 펼칠 수 있는 무대가 생긴 것 같아 정말 행복했다.

나는 이따금 꿈을 잠시 포기했을 때, 알림이 울린 것에 대한 의문이 들 때가 있다.

'그 알림은 왜 울렸던 걸까? 나는 왜 그 알림을 모른 체하지 않았던 걸까?'

그리고 이렇게 답을 내린다. 간절한 나의 꿈이, 마음속 한 곳에 늘 자리했던 내 꿈이 나에게 보낸 메시지였다고.

"작가 지원 플랫폼에서 작가님들의 글을 보며,

꿈을 좇던 때가 생각나 슬픔이 몰려왔다.

그때, 꿈의 목소리가 들렸다.

'그러니까... 제발 나를 포기하지 말아 줘.'

나는 떠나보냈던 꿈을 다시 만나며 비로소 꿈을 꾸었다."

마주한 순간,
비로소 꿈을 꾸었다

두 번 만에 합격을 거머쥔 작가 지원 플랫폼에 글을 처음으로 올렸을 때, 나는 아직도 그 희열을 잊을 수가 없다. 글을 쓰며 느끼던 감정과는 또 달랐다. 누군가 내 글에 '좋아요.'를 눌러 줬다는 알림이 오는 순간부터 그 기쁨을 주체할 수 없었다. '좋아요.'가 추가될 때마다 깡충깡충 뛰며 환호성을 질렀으니 말이다.

몇 시간 동안 나는 하나씩 추가되는 '좋아요.'를 보느라 아무것도 할 수 없었다. 또 용기 내 댓글을 달아 주시는 분들로 인해 감격스럽기까지 했다. 그리고 글로써 감동을 주겠다는 내 꿈과 조금은 가까워진 것 같아 너무 행복했다.

현실 앞에서 포기했다면 느껴보지 못했을 이 감정을 비로소 꿈을 향해 나아가며 느낄 수 있었다. 그래서 꿈을 포기하지 않아 정말 다행이라고 생각했다.

꿈이 주는 행복과 설렘, 기쁨을 비롯해 무수히 많은 감정을 느끼며 꿈을 꾸고 있는 지금, 오랫동안 이루지 못했던 꿈을 비로소 꾸며 나는 많은 것을 깨닫고 있다. 어릴 때는 미처 몰랐던 꿈에 담긴 커다란 의미도.

누군가에게는 소박하고 보잘것없어 보이는 꿈일지라도 그 꿈을 이루어 내는 순간, 꿈은 거대해진다는 걸 알게 되었다. 그래서 우리 인식 속에 이루지 못한 꿈이 거대하게 느껴지는 게 아닌가 싶기도 하다.

많은 사람이 대학교가 최종학력이 된 지금, 85세의 할머니가 이루신 꿈은 어떤 이에게는 별거 아닌 것처럼 느껴질지도 모른다. 하지만 어려운 환경 속에서 이루지 못한 꿈을 늦게나마 이루기 위한 할머니의 노력은 감히 형언할 수 없을 것이다. 그렇기에 꿈을 이루신 할머니가 더 대단해 보이는지도 모른다.

나 역시, 꿈은 너무 거대해서 현실을 외면한 채 꿈을 향해 나아갈 수 없다고 생각했었다. 하지만 그동안 온갖 핑계를 대며 외면했던 꿈은 그리 거대한 게 아니었단 걸 알게 되었다.

또 꿈은 그리 멀리 있지 않았다. 너무 아득해서 이룰 수 없을 것 같던 꿈은 언제나 내 마음속에 있었다. 늘 그 자리에서 기다리며 때로는 무료함과 우울함으로, 때로는 공허함으로, 때로는 현타로 다가와 소리치며 자신을 바라봐 주기를 기다리고 있었다. 단지 내가 그 소리를 듣지 못했을 뿐이었다. 아니, 들었으면서도 외면했다. 하지만 내가 꿈의 소리를 듣고 바라보며 마주한 순간, 꿈은 비로소 오롯한 꿈이 되었다.

그리고 꿈은 내 삶에 의미를 더해주었다. 꿈이라는 한 단어에 담긴 커다란 의미는 꿈을 꾸며 느끼는 감정이기도 했다. 그 많은 감정을 느끼며 평범함은 특별함으로 채워지고 있다. 그게 내 삶에 의미를 더해주었다.

물론, 어렵게 마주한 꿈이지만 꿈을 좇으며 포기하고 싶은 순간들도 있다. 잊을 만하면 현실이라는 놈이 튀어나와 나를 괴롭히기도 하고, 생각처럼 글이 써지지 않아 힘들 때도 있다. 어린 나이는 아니어서인지 어깨도 결리고 몸도 쑤실 때도 있다.

하지만 이제 나는 꿈을 절대로 포기하지 않을 것이다. 부질없이 느껴지는 현실 앞에서 꿈을 포기했을 때, 꿈을 그리워하며 그 꿈이 얼마나 소중한지를 알았기 때문이다.

나는 꿈을 꾸며 내 꿈에 멋진 날개가 달리고, 그 날개로 꿈이 날아올라 넓은 하늘을 날아다니는 상상을 한다. 그 옆에서 꿈의 손을 잡고 하늘을 나는 내 모습도.

'언젠가 내 상상처럼 꿈과 함께 하늘을 훨훨 날 수 있겠지?'
그 상상이 현실이 되기를 바라며 오늘도 아줌마는 글을 써내려간다. 평범한 그녀의 삶을 특별함으로 채워가며.

"40대의 아줌마가 되어서 비로소 꿈을 꾸는 지금,

평범했던 내 삶은 특별함으로 채워지고 있다.

그래서 꿈과 함께 하늘을 훨훨 나는 것을 상상하며,

오늘도 나는 글을 써 내려간다."

넌 계속 꿈꾸길 바라

　공부하는 딸아이 옆에서 글을 쓰던 어느 날, 아이가 나를 물끄러미 바라보다 내게 물은 적이 있다.

　"엄마, 힘들지 않아? 난 글 쓰는 거 너무 힘들던데…."

　"음…. 사실 몸은 조금 힘들기는 하지. 근데, 마음이 좋아."

　"마음이 좋다고?"

　"응, 글 쓰는 건 엄마의 오랜 꿈이었어. 그 꿈을 이루어 나간다는 건 정말 설레고 행복한 일이거든."

　"음…. 맞는 거 같아! 엄마는 글 쓰고 있으면 정말 행복해 보여."

　"정말? 나래 눈에도 그렇게 보여?"

　"응, 엄마 눈도 반짝여! 엄마, 나도 사육사가 되면 엄마처럼 행복해 보일까?"

"맞다! 우리 딸 사육사가 꿈이었지?"

"엄마도 알지? 나 동물 좋아하는 거. 나는 사육사가 되고 싶어."

씩씩하게 꿈을 말하는 딸아이의 표정은 정말 행복해 보였다. 꿈을 꾸며 행복을 느끼고 있는 나처럼.

사실, 딸이 사육사의 꿈을 꾼 건 그리 오래된 일은 아니다. 사육사가 되고 싶다는 꿈을 꾸기 전에는 개그우먼을 꿈꿨고, 처음 가졌던 꿈은 제과제빵 체험을 다녀오고 나서 생긴 제과사였다. 딸의 꿈은 내가 아는 것만 해도 세 가지가 넘는다. 앞으로 딸이 성장하며 어떤 꿈을 꿀지, 어떻게 꿈이 바뀔지 알 수는 없다. 계속 꿈을 꿀지, 꾸지 않을지도.

하지만 분명한 건, 나는 딸이 계속 꿈꾸길 바란다는 것이다. 수없이 바뀌어도, 많은 꿈을 꾸어도 늘 마음속에 꿈이 자리하기를 부모로서 간절히 바란다. 꿈을 좇고 있는 지금, 그 꿈이 얼마나 커다란 설렘과 행복을 주는지를 알기에 내 딸도 꿈을 꾸며 행복했으면 좋겠다. 씩씩하게 꿈을 말하며 행복해하는 지금처럼 계속 꿈을 꾸며 밝게 웃었으면 좋겠다.

그리고 만약, 딸이 어떠한 이유로 꿈을 잊거나 새로운 꿈을 찾지 못해 헤매고 있다면 꿈은 멀리 있지 않다고, 늘 네 곁을 맴돌고 있다고 말해줄 것이다. 너무도 아득해 보이지 않았던 꿈이 언제나 내 곁에 있었던 것처럼.

"나는 딸이 계속 꿈꾸길 바란다.

앞으로 수없이 바뀌어도, 많은 꿈을 꾸어도.

늘 마음속에 꿈이 자리하기를 부모로서 간절히 바란다.

꿈이 얼마나 커다란 설렘과 행복을 주는지를 알기에,

내 딸도 꿈을 꾸며 행복했으면 좋겠다."